De Urgeschicht von Meckelnborg

Fritz Reuter

De Urgeschicht von Meckelnborg

Hinstorff

Die Deutsche Bibliothek - CIP-Einheitsaufnahme
Reuter, Fritz:
De Urgeschicht von Meckelnborg / Fritz Reuter. -
3. Aufl. - Rostock : Hinstorff 2002
ISBN 3-356-00573-1

3. Auflage 2002
Druck und Bindung: EBNER & SPIEGEL GmbH, Ulm
Printed in Germany
ISBN 3-356-00573-1

INLEITUNG

Ick heww in minen ganzen Lewen nicks funnen as blot mal, as dat Harwstmark tau En'n was, twei Gröschen up de Städ, wo de Penzliner Pötter utstunn. Ick köffte mi dorför von Bernaskoni'n 'ne Blifedder; min sel Vader kreg dat tau weiten, un ick müßt tau minen ewigen Schimp un Schan'n de Blifedder wedder gegen de twei Gröschen taurügg gewen un müßt nu dörch de ganze Stadt achter den Penzliner Pötter herlopen, dat de Mann doch wedder tau dat Sinige kem. – Bi so'n Fund is kein grot Vergnäugen; nu heww ick äwer wat funnen, dor känen Lisch un Lasch un Misch un Masch kamen, sei recken mi mit dat, wat sei ut de Hünengräwer grawen hewwen, nich bet an de Tehnen.

De Sak was so: Ick stah Anno domini 1860 tau Kloster Stolp bi Anklam in den Goren un kik mit den Herrn Entspekter Knitschky äwer den Gorentun in sinen Weitenslag 'rinne. – „De kann morgen ok all runner", segg ick tau em. – „Sei sünd woll ungesund", seggt hei tau mi – dit is nämlich de gebildte Utdruck för unklauk –, „de Halm is jo noch gräun." – „Herr Entspekter", segg ick tau em, „dor is Liebig un Stöckhart un John un Johnstone un Johnson ..." – „De Kirls hewwen gaud reden", seggt hei tau mi, „de bruken den ollen tagen Weiten nich tau döschen." – „Herr Entspekter", segg ick tau em, „ick müggt Sei bidden..." – „Bidden S' mi üm gor nicks", seggt hei tau mi un snitt mi de Red' af, denn't is en oll ihrwürdig Herkamen, dat en por *richtige* gebildte Landlüd' sick meindag' nich utreden laten. „Dat weit der Deuwel...", segg ick tau em. – „Ja", seggt hei tau mi, „dat weit der Deuwel, allens, wat nich lesen un beden kann, fuscht up Stun'ns in unsern Kram."

Dat was mi denn doch en beten tau stripig. „Herr", segg ick tau em, „nich lesen un beden känen? Fuschen? – Ik weit nich", segg ick tau em un richt't mi 'en Tollener drei höger, „wat Sei dat vergeten hewwen, dat ick Sei mal mit buckledderne Büxen in Grabowhäw' besöcht heww – ick weit nich" – un hirbi klemmt ick mi minen Handstock achterwarts as 'ne Stütt unner'n Liw' un läd mi rüggäwer as en düchtigen Schriwer, de Flaß weiden lett –, „ick weit nich, wat Sei vergeten hewwen, dat Sei mit en utgelihrten Ökonomiker tau dauhn hewwen?" – „Ok noch!" seggt hei tau mi, „dat fehlt mi grad'." – Äwersten mine Würd' un vör allen de Hollung, de ick annamen hadd, hadden em doch all en beten vör den Kopp stött, un ick fot nu up't Frisch en beten nah. „Herr", segg ick tau em, „wenn Sei Johnstonen un Johnsonen nich gellen laten willen, Hilgendörpen tau Lütten-Tetzlewen *möten* Sei gellen laten, un de seggt..." – „Bliwen S' mi mit Hilgendörpen un sin säben Släg' un drei Saaten von den Liw'", seggt hei tau mi. – „Wat?" segg ick tau em un tramps' mit den Faut vör em up – bumm! seggt dat unner mi –, „Hilgendörp is en sihr gauden Fründ von mi." – „Ih wat Hilgendörp!" seggt hei tau mi un trampst ok vör mi up – bumm! seggt dat unner em. – „Dunner nich enmal!" segg ick, „wat 's dit?" – „Ja", seggt hei un lacht so recht venynschen, „Sei sünd so'n oll klauk Küken un weiten allens, willen ok en utgelihrten Ökonomiker sin, un nu weiten S' nich mal, dat Stolp en Kloster west is un dat dat hir unner uns all holl un boll is. Hir geiht jo de unnerirdsche Gang unner de Peen dörch nah Wolfraths Hof." – Nu hadd ick öwer in de letzte Tid Lischen un Maschen so dull studiert, dat mi de Kopp von Steinkisten un Kegelgräwer un unnerirdsche Wissenschaften, Pfahlbauten un Antiquitäten brummte, so dull, dat ick tau dat Aquarium in den zotologischen Goren tau Hamborg blot noch ümmer „Antiquarium" seggen ded un minen *sihr* gauden Fründ Hilgendörp un sine säben Släg' un drei Saaten ganz verget.

„Herr Entspekter", segg ick tau em, „hir möt wat gescheihn." – „Minentwegen", seggt hei tau mi. –

„Wi möten hir grawen.“ – „Den Deuwel ok!“ seggt hei, „wi krigen't mit Mamsell tau dauhn, hir hett sei grad' ehren Frühkohl plant't, un ick müggt nich mit den deilen, de sick doran vergrep. – Sei is woll en sihr ruhiges un kumplettes Frugenstimmer, äwer wat hastig.“

So was't denn nu Abendbrodtid worden un wi eten; äwer mi lagg de unnerirdsche Gang in den Kopp. – As Mamsell nu mit den schönsten Apptit ehr Fisch un Tüften tau Bost slahn hadd un nu so gottgefällig, de Hän'n äwer ehre leiwe Mag', dor satt, dat ick ehr woll en minschenfründlich Gemäut tautrugen kunn, fädelt ick de Sak fin mit allgemeine Redensorten von de Wissenschaften in. Sei hujahnte dortau; ick müßt ehr also neger kamen, ick läd also de Wissenschaft in de ein Wachtschal un den Kohl in de anner. Nu würd sei hellhürig, un as ick dorvon reden würd, „daß ein gebildetes Frauenzimmer selbst den schönsten Frühkohl der Wissenschaft zum Opfer bringen müßte“, kek sei mi an, as wull sei fragen, wat dat *ehren* Kohl gellen süll; un as ick dat tauletzt nich mihr hehlen kunn, sprung sei up, lep nah de Dör un rep: „De Irste, de sick an *minen* Kohl vergrippt, kann sick up wat gefaßt maken.“ – Nu hadd min oll leiw Fründ Fritz Peiters sine Mamsell äwer tau Wihnachten en Lehnstaul uprichten laten, dat sei doch ehre Bequemlichkeit hewwen süll; de Discher hadd ok so'n Gestell bugt, hadd äwer de Mamsell ehre Verhältnissen nich richtig utmeten, un nu hackt ehr dit Ding achter fast, un sei sach, von uns tau anseihn, grademang ut as en Küken, wat achter noch de Eierschell up hett. – In de Dör ströpte sei sick äwer de Eierschell af un rep wütig taurügg: „De Kohl!“ – „De Wissenschaft, Mamselling!“ rep ick. – „De Kohl!“ rep sei, un weg was sei; de unschüllige Lehnstaul stunn in de Dör.

De Herr Entspekter lachte, un as hei sach, dat ick mi argerte, lachte hei noch düller, säd äwer: „Laten S' man, desen Sünndag reis't sei ut, un denn gahn wi an't Geschäft; ick krig' dor sülwen Lust tau." – De Sünndag kamm, un as Mamsell von den Hof was, stunnnen wi beiden in den Goren, de Herr Entspekter mit 'ne Schüpp un ick mit 'ne Bick. – „So, nu kann't losgahn!" Un't gung ok los. Wo flogen de Kohlköpp rechtsch un linksch! Un as wi nu in dese Ort dat Flag klor hadden, grep ick nah de Schüpp un fung mit alle Macht an tau grawen. Ick hadd an jennen Dag en hellschen Gift up de Arbeit, wat süs min Mod' gor nich is, denn grad' von minentwegen is ok de Arbeit nich upbröcht worden; un't wohrte denn ok nich lang', dunn was't all mit den Gift, denn ick bün wat vüllig un kam licht ut de Pust, un de Herr Entspekter kamm an de Reih. – As hei en beten grawen hadd, höll hei ok Pust un frog: „Will'n wi uns nich leiwerst en por Daglöhners kamen laten?" – „Bewohr uns!" segg ick, „'t kann jo sin, dat wi wat finnen." – „Ja", seggt hei, „dacht heww ick ok all doran." – „Wat hewwen *Sei* sick dacht?" frag ick. – „Ih", seggt hei, „ick dacht mi so'n gadlichen Pott mit verschimmelte Drüddels, mit en beten Gollenring'warks mang. Hewwen Sei sick denn nicks dacht?" – „Ja", segg ick, „*dacht* heww ick mi ok wat. Ick dacht mi en gaud Oxenhöwt Win, wo de Bän'n un de Stäw' all verfult an sünd." – „Na", lacht hei hell up, „denn hewwen Sei sick wat Dämlichs dacht, denn ward Ehr Win ok woll bi Weg' lang utlopen sin." – „Lachen S' nich so gel", segg ick, „so wat möt einer kennen. Nah de unnerirdschen Wissenschaften nah schütt de Win mit de Tid 'ne Bork von Winstein an, un wenn denn de Stäw' verfulen, seihn S', denn liggt dat Oxenhöwt dor as en weik kaktes Ei, buten hart un binnen dünn, un wat de Dödder von dit Ei is – hüren S' mal –, dat's en Tüg...!" – „Is woll hellsches Tüg?" fröggt hei. – „Ja. – Wo vel Sluck Käm drinken Sei woll up den Dag?" – „Twei, un in't fett Virteljohr känen't woll drei warden." – „Na", segg ick, „denn bruken S' von desen Win, de hir unnen liggt, knapp en halwen."

Den ollen Herrn Entspekter sine Ogen fungen orndlich an tau blänkern: „Äwer Fritz Peiters kriggt wecken af!“ rep hei, grep nah de Schüpp un gröw un gröw, un ick stunn dorbi un kek flitig tau. Wohrt nich lang', stödd hei up den Grund, un as de Ird bet afrümt was, kamm en oll Gewölw ut Feldstein taum Vörschin. – „Hurah! Hir is't! – „Teigen Daler“, segg ick, „wull ick gewen, wenn nu de Herr Archivrat Lisch ut Swerin hir wir.“ – „Worüm dat?“ fröggt hei. – „Wil de't versteiht“, segg ick, „de knackt Sei so'n oll Gewölw up as 'ne Hasselnät. Un wat dat Slimmst is: wenn wi wat finnen, denn glöwt hei uns dat nich tau, denn hei glöwt blot an dat, wat hei sülwen funnen hett.“ – Äwer trotzdem grip ick nah de Bick, spring baben up dat Gewölw herup un hau in de Feldstein 'rin, dat de Funken stöwen. – Dat was nu 'ne grote Dämlichkeit, un de Herr Archivrat hadd't woll nich so makt, denn dit was jo grad so, as wenn einer en Bom kröppen will un sagt en Telgen, up den hei sitt, unnerwarts af. Na, dat kunn jo also ok nich utbliwen, denn as ick so recht em noch mal ut den slanken Arm eins verlösch', scheit ick – perdauts – mit dat ganze Gewölw so'n Fauterner twölw in Gottes Irdbodd'n rin, hadd äwer doch noch so vel Besinnung, de oll scharpe Bick von mi un den Herrn Entspekter an de Schänen tau smiten.
Wo lang' ick dor unnen legen heww, weit ick nich; ick weit blot, dat mi dat in mine Beswimnis so vörkamm, as set ick in 'ne schöne Sommernacht up en käuhles Flag un baben mi kek de leiwe Vullman ut de Wolken 'rut un makte mi ümmer scheiw Müler tau un frog mi, ob ick dor unnen gaud tau Weg' wir. Allmählich kamm ick denn wedder tau richtige Besinnung, un dunn würd ick denn gewohr, dat de leiwe Vullman kein anner was as dat fründliche gesunne Gesicht von minen ollen Fründ Knitschky, de baben in dat Lock 'rin kek un mi indringlich frog, ob ick blot *einen* Bein oder alle beid' braken hadd. Ick reckte also irst den einen un nahsten den

annern von mi, un as dit handlich gung, säd ick tau em: „De Beinen sünd heil, äwer'n beten bet babenwarts is mi tau Sinn, as wenn mi allens kort un klein is, denn ick bün in't Sitten follen." – „Denn laten S' man!" seggt hei, „*de* Gegend kann vel verdragen." – „Mag sin", segg ick, „dat Sei den Deil nich estemieren; äwer unserein möt sin Brod dormit verdeinen, un Sei weiten woll, wenn't Handwarkstüg nich in de Reih is..." – „Frilich wohr", seggt hei, „äwer täuwen S' man; ick will mi blot 'ne Ledder halen." – „Ja", segg ick, „un Licht un Swewelsticken; äwer so'n, de brennen."

Na, hei gung un was ok fix wedder dor, un as hei de Ledder 'rin setten hadd un sick sülwst dörch dat Lock dörchbängt, dunn müßt ick doch binah ludhals' lachen, dat ick den Herrn Entspekter för den Vullman anseihn hadd, denn hei was düster as de Niman.

„Na, wo is Sei tau Maud?" säd hei, as hei unnen ankamm. – „Tau Maud?" segg ick. „As wenn mi 'ne Katt verkihrt dörch dat Liw' treckt is." – „Also woll nich besonders", seggt hei und fött mi unner de Arm, „na, stahn S' man up, dat giwwt sick allens mit de Tid."

Na, des' Grund let sick hüren, un ick rappelt mi up, so gaud dat gung, un as ick in En'n was, strek hei mi en pormal den Puckel dal bet up dat Krüz, as sei dat bi 'ne Kauh maken, de dat Rüggblaud hett, un dunn fummelt hei mi hin'n an den Hosenquedder 'rüm un frog mi: „Wo is Sei denn nu?" – „Hundsföttschen", segg ick, „mi sünd de Bein ganz kolt un natt, as wenn ick ut dat Water treckt bün." – „Schön!" seggt hei, „denn dat hett nicks wider tau bedüden; ick heww Sei blot 'ne Buddel mit Ader-Posader up dat Krüz gaten, un Sei sälen mal seihn, wo schön Sei dornah tau Maud ward."

Dat will ick denn nu grad' nich seggen; äwer en schönes Middel möt dat sin, denn de Herr Entspekter kuriert allens dormit; un schad't ward mi dat ok grad' nich hewwen, denn ick künn mi doch nahsten all en beten hen un her stütten. „Na", säd ick, „maken S' nu man dat Licht an; unnen sünd wie nu doch einmal, un wenn ick för min Part ok nich up de bequemste Wis' 'runne kamen bün, so helpt dat nich, wi will'n uns taum wenigsten nah dat Oxenhöwt un nah den Pott ümseihn."

Wi gungen irst linksch nah de Peen tau en langen Gang entlanke, wi funnen dor äwer nicks, un ['t] wohrt nich lang', dunn was de Welt mit Bred' taunagelt, un wi müßten ümkihren – wi gungen also rechtsch un funnen ok nicks; äwer as wi an't Enn kemen, stödden wi up 'ne Dör, de stark mit Isen beslagen was. – „Wenn hir äwerall wat tau finnen is", segg ick, „denn is *hir* wat tau finnen, denn ick heww dat nich allein von vernünftige Lüd' hürt, ne, ick heww ok in de Romanenbäuker lesen, dat de ollen Mönken sick ümmer so'n Provatkeller hollen hewwen. Dauhn S' mi den Gefallen, halen S' de Bick."

Na, dat deit hei denn ok, un wi klemmen de Bick achter dat Slott un wrangen nu los. Mit en Mal breckt dat oll rustige Slott, de Dör flüggt up un stött uns uns' Licht üm, dat wi dor in de stickendüstere Nacht stahn. – „Herr du meines Lebens!" röppt de Herr Entspekter un fött mi an, „ick heww wat seihn!" – „Wat hewwen Sei seihn?" frag' ick. – „Wat't eigentlich is, weit ick ok noch nich; äwer wat Gruglichs was't." – „Ja", segg ick, „dorup möten Sei sick bi uns' Geschäft gefaßt maken. Äwer wi sünd uns're twei, un dauhn kann uns dat nicks. Maken S' man wedder Licht an."

„Ick will dor nicks mihr mit tau dauhn hewwen", seggt hei. – „Na, denn täuwen S' man", segg ick un grawwel an de Ird rümmer nah dat Licht, un as ick dat funnen heww, treck ick em de Strikhölter ut de Westentasch, un wil ick nicks anners heww, strik ick sei up sinen Puckel an.

Knapp hadd ick dat Licht in't Brennen, dunn fäuhl ick an den Herrn Entspekter sin Hand, dat hei in den ganzen Liw' den Bewer hett; un as ick tau Höchten kek, fung ick ok an tau bewern. Kein von uns sprök en Wurd, denn so wat Gruglichs hadden wi beid' noch meindag' nich seihn. – Dicht vör uns satt en Minschengeriww up en Staul un hadd den Kopp in de Hand leggt, as wenn ein deip in Gedanken sitt, un in de anner Hand hadd dat 'ne Schriwfedder. – Wi stunnen nu dor un grugten uns. – Mitdewil gaww mi äwer de Schriwfedder Maud, un ick segg: „Herr Entspekter", segg ick, „fürchten S' sick nich vör em, denn as ick seih, ward dat woll en unglücklichen Mitkolleg von mi sin, de sick so bi Lütten dod schrewen hett, un de Ort is tamm, de deiht keinen wat. – Kamen S' mit!" Un dormit gah ick in de Dör herin; hei kek üm de Eck.

Ick stunn nu in 'ne virkantig Kamer, un as ick mi en beten ümkek, sach ick 'ne Ked' von de Wand 'runhängen; in de ein Eck stunn en ollen Waterkraus un in de anner 'ne Ort von steinerne Britsch. „Herr Entspekter", rep ick, denn ick fäuhlt mi hir glik tau Hus, „kamen S' man drist herin! Denn dit is nicks wider as en richtig Prisong, un mit de Ort Lusthüser weit ick ganz genau Bescheid."

Na, hei kamm ok 'rin; äwer hei schuddert sick. – Ick för min Part was nu ganz drist worden un set't dat Licht up den Disch un kek dat Späuk äwer de Schuller. Ja, 't was richtig: hei was en Mitkolleg von mi, denn vör em lagg en Bauk mit schrewen Schriwwt, un en Tintfatt stunn vör em up den Disch; de Tint was äwer indrögt. Wil dat ick nu olle Mönkenschriwwt gaud lesen kann, so les' ick denn lud' von dat letzte Bladd, wat hei schrewen hett, as hir folgt:

„Dit is min Letzt. – Wecker Christenminsch dit Bauk find't, de kann't behollen un kann drup nahseggen, denn wohr is allens. Bet up Noah'n kann ick mit Lichtigkeit minen eigen Stammbom nahwisen, denn ick bün von Geburt en meckelnbörsch Eddelmann, un wat vör minen Öllervader Noah passiert is, hett sick bet up Adam 'ruppe in mine Fomili von Mund tau Mund erhollen. Wegen mine velen Sün'n bün ick in dit Kloster gahn, heww äwer den ollen Adam noch nich ganz afströpt hatt, heww mi ok einmal ganz von den Düwel blennen laten un den Möller sin Dochter küßt. Is dat 'rute kamen un hett mi Pater Abt hir lewig bi Water un Brod inmuren laten, hett äwer Gnad' vör Recht ergahn laten un hett mi Licht un Schriwtüg verstat't, dat ick dit wohrhaftige Bauk taum gauden En'n führen künn. – Nu will't äwer nich länger. Ora pro nobis!"

„Himmlischer Vater!" raup ick, „dit is en Fund ...", un dormit will ick mi an dat Bauk maken, äwer de Herr Entspekter Knitschky föllt mi, blaß as de Dod, in den Arm un röppt: „Will'n Sei uns unglücklich maken? Will'n Sei en Doden in sin Rauh stüren? – Ick bidd Sei üm Gott's willen! Sei sünd in'n Stan'n un stöten den seligen Eddelmann von sinen Staul."

Na, dat föll mi jo nu gor nich in; ick prekademus denn also mit em twei lang, twei breit: ick wull jo blot den Titel von dat Bauk seihn; un as hei mi dorin denn endlich nahgiwwt, slag ick dat irste Bladd üm un les' dor in düdliche Flaktur:

Urgeschicht von Meckelnborg
Von Erschaffung der Welt an bet up Sr. Durchlauchten
den Herrn Herzog Niklot

„Herr Entspekter", segg ick un nem dat Bauk von den Disch un stek dat fast unner minen linken Arm, „Sei känen nu Ehr Hawknechts kamen laten un mi binnen laten; Sei känen ok den Smidt kamen laten un mi hir an de Ked' smeden laten; Sei könen ok Ehren Murergesellen kamen laten un mi hir mit den seligen Eddelmann tausamen inmuren laten; äwer dat Bauk gew ick nich wedder 'rut." – „Dat wir snurrig!" seggt hei un set't sick ogenschinlich up de Achterbeinen. – „Herr", segg ick, un dorbi würd ick falsch, un wenn ick falsch ward, red' ick

hochdütsch as jeder anner gebildte Meckelnbörger, „Herr, wissen Sie, daß kein Staat, kein Volk der Welt eine solche Urkunde aufzuweisen hat, und Sie wollen unserm Vaterlande in Ihrer dämlichen abergläubigen Gespensterfurcht diesen Ruhm rauben? Herr, wissen Sie, daß die Geschichte des größten Reiches der Welt, Rußlands, erst 900 Jahre nach Christi Geburt anhebt und noch dazu dann erst in höchst schattenhaften Umrissen?“ Un dorbi smet ick em einen binah kusakschen Blick in dat Gesicht, un as ick sach, dat de sin Wirkung ded, höll ick Hochdütsch nich mihr för nödig un föll in't Pladdütsch; äwer mit Nahdruck: „Herr, weiten Sei, dat de Geschicht von Belligen irst mit Anno 1833 anfängt?“ – „Dat wir der Deuwel!“ seggt hei. Nu hadd ick em, un still un ruhig gung ick ut de Dör. Hei folgt mi, stödd mi äwer an un wis't up den seligen Eddelmann: „Wo ward dat äwer mit em?“ – „Möt christlich begrawen warden“, segg ick, „denn dat beten Küssen kann em in de Ort nich schaden.“ – „Äwer de Gräwniskosten?“ fröggt hei. – „Wenn Peiters as Pächter von Stolp sei nich betahlen will“, segg ick, „denn betahl *ick* sei.“
Dormit klattern wi denn de Ledder wedder tau Höchten un klemmen uns dörch dat Lock, un as wi nu so wedder unner den schönen blagen Hewen stahn un en deipen Drunk frische Luft dauhn, föllt den Herrn Entspekter Mamselling ehr Frühkohl in de Ogen, taum wenigsten dat Flag, wo hei stahn hadd, un hei röppt: „Na, ditmal un nich wedder! Schöne Pött un schöne Oxenhöwt hewwen wi funnen! Un tau verdenken steiht dat Mamsell gor nich, dat sei dull ward upbegähren, wenn sei ehren schönen frischen Kohl rungeniert un dorför dit oll verschimmelte Bauk süht. – Ick holl ['t] för't best, Sei maken, dat sei von den Hof kamen. Bet an de Schassee will ick Sei führen laten, un dor känen Sei sick in en Grawen setten un so lang' in Ehr Bauk lesen, bet de Post kümmt. Dat is dat einzigste Middel, mit

Mamsell uttaukamen, denn wenn Sei weg sünd, kann ick de Schuld ganz up Sei schuwen.“

Na, dat geschach, un ['t] wohrt nich lang', dunn satt ick achter Medow in den Schasseegrawen un las de Urgeschicht von Meckelnborg. Wo lang' ick so seten heww, weit ick nich; mit ein Mal kamm mi dat so vör, as wenn achter mi wat rummelt, ick kik tau Höcht: Herrgott, de Post! Äwer up en Raudener vir mi all vörbi un in'n forschen Draww; ick also tau Höcht un ok in'n forschen Draww. So jagen wi denn beid', de Postiljon up acht un ick up twei Beinen, nah den Wegeziner Kraug hendalen. „Gott gew“, segg ick bi mi, „dat de Kirl Döst kriggt, wenn hei dat Kraugschild süht“, denn ick bün wat vüllig, un de Pust was all.

Gott sei Dank! Hei kreg Döst. Ick meld mi bi em un frag, ob noch Platz is. – „En vülligen Platz“, seggt hei, „stigen S' man in.“ – Ick steg in, fiw Damen seten in den Wagen, un twei dorvon hadden lütte, nüdliche Kinner up den Schot, 'ne Virtelmil was ick en Draww lopen, un de Prometer wis'te an desen schönen Sommerdag einuntwintig Toll. Ick hadd also vörlöpig nicks wider tau dauhn, as mi den Sweit aftaudrögen; doch as de Natur von de Ort nicks mihr hergewen wull un künn, kreg ick min Urgeschicht herut un les'. Ein von de Damen hadd ogenschinlich girn mit mi en Gespräk anfungen, un süs bün ick sihr höflich mit de Damen, weit ok mit ehr ümtaugahn, denn ick bün mal Schriwer west; äwer hüt kihrt ick mi an nicks – ick les'. – Ick les' mi nah Treptow hen, ick les' mi nah Bramborg hen; ick kam tau Hus, segg min Fru verluren Gu'ndag un sett mi dal un les'.

„Mein Gott, wat les't du dor?“ fröggt sei. – „De Urgeschicht von Meckelnborg“, segg ick kort un les' wider.

Uns' Rike kümmt 'rinne: „Herr, uns' Torf ...“ – „Ick heww kein Tid“, segg ick, „ick les' de Urgeschicht.“

En jung' Minsch kümmt 'rinne: „Empfehlung von

den Herrn Dr. Siemerling ...“ – „Grüßen S' den Herrn Dokter velmal, ick hadd kein Tid, ick les' de Urgeschicht.“
Stürung Nr. 4, Nr. 5, Nr. 6 kümmt 'rinne un kriggt de sülwige Antwort.
Endlich kloppt dat wedder, un herin kümmt Irnst Boll. Dat was min Mann!
„Irnst“, segg ick, „wo vel von din meckelnbörgschen Geschichtsbäuker hest du woll noch in Vörrat?“ – „Oh, unbedüdend“, seggt hei. – „Dat deiht mi üm dinentwillen led“, segg ick. – „Woso?“ fröggt hei. – „Wil du allens, wat du afset't hest, a tuh Prih taurügg köpen un denn verbrennen möst.“
„Woans dat?“ fröggt hei un ward ganz blaß. – „Irnst“, segg ick, „ick frag' di, kann din meckelnbörgsche Geschicht, de vör söshunnert Johr anfängt, woll den sülwigen Strang trecken as 'ne anner, de vör fiwdusendachthunnertunvirteihn Johr, kort mit Erschaffung der Welt anfängt?“[1] – „Ne“, seggt hei un ward noch blasser. – „Na“, segg ick, „denn köp allens taurügg un verbrenn't, un wenn ick di tau den Reukop mit en fiw- bet söshunnert Dahler unner de Arm gripen kann, nich mihr as girn; denn ick bün sörre hüt morr'n en Mann von wenigstens teigendusend Dahler Kaptal.“
„Dor gratulier ick di von Herzen tau“, seggt hei un drückt mi de Hand, denn hei is kein von de afgünstigen Frün'n. „Äwer wat hett dat all mit min Geschicht tau dauhn?“ – “Kik hir!“ segg ick un holl em den Titel von min Urgeschicht vör de Ogen. Nu würd hei noch blasser, un ick schuw em en Staul hen un segg: „Sett di dal, dat künn di äwernemen.“

[1] Ein för alle Mal! – In allen wichtigen Dingen, de up de Tidreknung herute kamen, folg' ick den lütten Vier-Schillings-Klenner, de bi Hinstörpen in Rostock 'rute kamen is, wil dit Druckwark mit große Klorheit un astronomische Bereknungen, ok mit Sünnen- un Manfinsternissen, Epakten un güldene Zahl upricht't is.

Hei set't sick denn ok dal un frog ganz swack: „Wo kümmst du tau dat Bauk?" – Un ick vertell em dat ümständlich.
„Wis mi dat Bauk mal her!" seggt hei. – „Ne", segg ick, „ut de Hand gewen dauh 'ck 't nich." – „Na", seggt hei, „denn holl mi dat mal dicht unner de Näs'." – Dat dauh ick denn, un hei rückt doran, un rückt wedder doran, un leggt sick in den Staul taurügg un seggt: „Ja", seggt hei, „de Geruch is echt. – Nu slag mi mal so middwarts en Bladd up, ick will de Tint mal taxieren." – Dat dauh ick denn, un hei kickt sick de Tint an un pöllt mit den Finger an de großen Flaktur-Baukstawen 'rümmer, dat mi angst un bang' ward, un endlich leggt hei sick wedder in den Staul taurügg un seggt: „De Tint is ok echt. – Nu will'n wi äwer mal eins nah dat Waterteiken in dat Poppier seihn."
Ick holl em also de einzelnen Bläder gegen den Dag' un segg: „Du meinst doch woll nich, dat dor ‚Lemmelson in Wanzka' oder ‚Fenzirsche Mähl' in steiht?" – Hei seggt nicks un kickt un kickt; tauletzt leggt hei sick wedder in den Staul taurügg un seggt mit einen sihr bestimmten Nahdruck: „Fritz", seggt hei, „din Bauk is echt, Lisch sülwen kann nicks dorgegen seggen. Hir steiht't in't Waterteiken: 1326, schreibe eintausenddreihundertundsechsundzwanzig! – Lisch ward mäglicher Wis' seggen, dat dunntaumalen noch kein meckelnbörgsche Eddelmann hett schriwen künnt; äwer ick ward em dat Gegendeil bewisen."
Dormit stunn hei up un gung in de Stuw' up un dal un stellt sick mit einmal vör mi hen un seggt: „Fritz, willst du teigendusend Dahler för dat Bauk hewwen, denn is de Handel afmakt."
Dat was en Gebott. – Ick äwerdacht mi de Sak – dor was noch min unbetahlte Schausterreknung, dor wiren noch Bunkenborg un Grapow, dor was noch de un de, un denn wiren noch de annern all – äwer ne!

„Ne“, segg ick, „Irnst, ick möt di gestahn, an dat Bauk bammelt noch so’ne Idee, de ick mi in den Kopp set’t heww. Süh, ick heww mi dacht, ick wull ’ne saubere Vörred dortau schriwen un ’ne ganz gehursamste Widmung an de Rostocker philosophische Fackeltät, un denn, dacht ick, würden sei mi woll taum Dokter[1] maken, denn mi is dat nahgrad’ äwer, so unbedarwt ahn Titel in de Welt ’rüm tau lopen.“

„Dat is denn wat anners“, seggt hei, „taum Dokter kann ick di nich maken, denn ick heww’t sülwst noch nich sowid bröcht; äwer de teigenddusend Dahler liggen tau jeder Tid för di parat. – Na, wat nich is, dat is nich! – Äwer nu hür minen Rat: Lat keinen in dat Bauk kiken, sülwst din Fru nich; denn as du mi seggt hest, is sei wat niglich.“ – „Dat is sei“, segg ick, „sei snückert mi ümmer allens dörch; äwer ick weit Rat: ick les’ blot ’s Abends in dat Bauk, wenn sei tau Bedd is, un Dags äwer stek ick dat mang des’ ollen Poppieren, de hett sei all all dörchsnükkert, un taum tweitenmal verföllt sei dor nich up, eben wil sei blot niglich is.“ – „Dauh dat!“ seggt hei. Un as wi noch so reden, wer kümmt ’rin? – De Poet, Herr Dokter Werner Reinhold ut Woldegk.

„Schönsten guten Abend“, seggt hei, denn hei is Dokter un red’t natürlich för gewöhnlich hochdütsch. – „Schön Dank“, segg ick. – „Mein Gott!“ seggt hei, „was ist das für ein alter Schmöker?“ un fohrt up de Urgeschicht los. – „Hand von’n Sack!“ segg ick un nem min Urgeschicht un slut sei – ratsch – in’t Schapp. – „Was war das für ein Buch?“ fröggt hei. – Irnst Boll plinkt mi mit de Ogen tau, ick süll swigen, äwer de Eitelkeit, de leidige Eitelkeit! Poet Reinhold was Dokter worden up blote Kroniken, de hei von Woldegk un Fredland un Anklam ut säben-

[1]Hirut kann einer nu düdlich seihn, wo olt den seligen Eddelmann sine Urgeschicht sin möt, wenn *mine* Inleitung dortau all so olt is, dat ick dunn noch nich mal Dokter was.

untwintig annere Smökers tausam smert hett; ick wull em also wat dümpeln, richt' mi en beten in En'n un segg: „Dat is de Urgeschicht von Meckelnborg." – Irnst Boll äwer schüddelt mit den Kopp.
„Eine Urgeschichte?" fröggt de Herr Dokter. „Köstliche Idee! Weit umfassender als eine Chronik. Adieu, meine Herrn!" Un dormit geiht dat Undirt auf, set't sik hen un schriwwt 'ne Urgeschicht von de Stadt Woldegk. – So nimmt ein Schriwwtsteller den annern dat Brod ut den Mun'n.
Ick les' nu also alle Abend in de Urgeschicht un verstek sei vör min Fru unner den Hümpel oll Poppier; dunn kümmt Irnst Boll wedder tau mi un smitt mi en Bauk up den Disch: „Da! Du hest jo wullt. – De Herr Dokter Reinhold is di tauvör kamen; hir hest du sin Urgeschicht von Woldegk! – Willst du nu noch fiwdusend Dahler hewwen?" – „Ne", segg ick falsch, „un nimm't nich äwel, ick will nah Hinstörpen in de Wismer, de köfft s' mi af."
Ick reis' in de Wismer; äwer de Voß was mi tau klauk. – Hinstörp säd tau mi, ick süll dat irst fahrig maken, wat ick anfungen hadd, un de Urgeschicht höll hei för en Swindel.
As ick von min Reis' tau Hus kam, seggt min leiwe Fru tau mi: „Du wardst di freuen, ick heww in din Schriwschapp mang de ollen Scharteken schön uprümt, nu hest du doch wedder en beten mihr Platz." – Na, ick ahn mi ok nicks Böses und seggt blot: „Schön!" un gew ehr noch babenin en Kuß.
Ick kam also taurügg, so verdreitlich, as einer warden kann, set't mi dal un schriw in dese casprate Stimmung en Band „Lyrische plattdeutsche Gedichte in Triolett- und Rondeau-Form von Fritz Reuter", wonah jeder in jeden Baukladen fragen kann, de äwer keiner krigen ward, denn kein Deuwel von Baukhändler wull se mi afköpen. – Mit de Urgeschicht hadd ick mi ganz un gor vertürnt.
So kümmt denn min Geburtsdag heran, de schöne säwente November. – Natürlich en Kranz, as hei

sick för de Johrstid paßt: Epha mit gele Strohblaumen un in de Midd en Pottkauken! – Wunderschön! – Un as dat Middageten kümmt – en Gaus'braden; denn ick heww 'ne sihr gaude Fru. – Ok wunderschön! – Äwer ick bün ok en gauden Mann gegen min Fru un klingel also. Rike kümmt 'rin. „Rike", segg ick, „unnen in den Keller liggt 'ne Buddel mit so'n dicken Kopp..." – „Ick weit't", seggt sei, löppt 'run un bringt 'ne Buddel.
„Gott sall mi bewohren", seggt min Fru, „wat is dit?" – „Montebello", segg ick, „première qualité."
Bi dat irste Glas schüddelt sei ümmer mit den Kopp; bi dat tweite meinte sei, dat wir schad', dat de Schampandi äwerall so dür wir; un bi dat drüdde föll sei mi üm den Hals un säd: „Fritz, ick wull di de Freud' irst hüt abend maken, äwer ick weit nich, mi is so vergnäugt tau Sinn...", un dormit lep sei ut de Dör herut, kamm mit en verrökert Packet herin, läd dat vör mi up en Teller: „Mak't sülwen up! – De irste Spickgaus!"
Wenn so'n junge Bengel von Brüjam in de irsten Dag' von'n Prilmand äwer'n Wall gahn is un kümmt denn t'rügg un kloppt bi sine Scharmantste an dat Finster, stellt sick up de Tehnen, reckt den langen magern Hals so in dat Finster 'rinne un seggt: „Das erste Veilchen, Geliebte!", so hett mi dat vör dissen ok sihr gefollen; äwer dat is all lang' her; un up Stun'ns kann ick mi nich recht dorup besinnen, un mi geföllt „de irste Spickgaus" beter; denn wenn sick „das erste Veilchen" ok vel finer *anhürt*, so *smeckt* „de irste Spickgaus" doch beter. – Na, ick freu mi denn nah de Mäglichkeit un drück ehr de Hand un segg: „Du büst doch 'ne heil prächtige Fru!", un de Tranen treden mi in de Ogen. Bi de irsten Veilchen sall dat gewöhnlich sin; äwer ick kann versäkern, dat mi dat bi [de] irste Spickgaus ok passiert is.
As ick nu so sitt un mi de Tranen afdrög, föllt min Og up dat ingewickelte Packet. 'ne grote „A" in Mönksschriwwt föllt mi in de Ogen, un ick les' mit Grusen

un mit Gräsen: „As Antyrius, de General von Alexander den Groten, König in Meckelnborg was…“

„Himmlischer Vater!“ raup ick ut un rit dat Poppier von de Spieckgaus af, kik up de unverrökerte Sid un les’ dor düdlich dörch dat säute, blanke Spickgausfett de Lewensgeschicht von den König Antyrius. – Mi sacken de Arm an den Liw’ hendalen. – Min Fru sitt dor un lacht, denn sei meint, ick spel Kemedi. – „Unglückseliges Wiw!“ raup ick ut un spring ok tauglik nah min Stuw’ herinner, rit min Schapp up; leiwer Gott! Allens weg! Min Urgeschicht, mine lyrischen pladdütschen Gedichte in Triolett- un Rondeau-Form, en grotes Heldengedicht, „Knipperdolling“, wat ick nah Vörschriwwt nägen Johr muddeln laten wull, un woll an de fiw Bän’n „dramatische Versuche“.

Taum Towen un Schellen was de Slag tau hart. Ganz swack fall ick in minen Korwlehnstaul – de, bilöpig geseggt, dorbi ok sinen letzten Rest wegkreg – un stamer de Frag’ ’rut: „Wo büst du mit de Poppieren blewen?“ – Min Fru ahnt sick noch gor nich, wat sei anricht’ hadd, un seggt noch tämlich ruhig: „Wat is ’e denn los? Wat von de ollen Schriwwten heww ick in de Wirtschaft taum Finsterputzen un Spickgauswickeln verbrukt, un wo dat anner blewen is, möt Rike weiten.“

Ick gah also ganz sachten nah de Klingel ’ran un treck sei ganz bescheiden, denn ick seih minen Dod all vör Ogen, un denn ward einer hellschen tamm, binnen un buten. Rike kümmt. – „Rike“, segg ick orndlich weihmäudig, „wo büst du mit dat oll Poppier blewen, min Döchting?“ – „Heww ick verköfft, Pund en Schilling.“ – „An wen?“ frag’ ick. – „An Kopmann Hagemannen.“

Nu würd de Hoffnung wedder in mi lewig, Hagemann künn de Schriwwten noch nich verbrukt hewwen. Pil spring ick in En’n un stört in de Vörstuw’ ’rin, rit en Haut von den Stänner, de Trepp hendal un ut de Husdör ’rut.

„Üm Gottes willen“, röppt wat achter mi – ’t was min Huswirt –, „Sei warden doch so nich äwer de Strat gahn!“, un dorbi nimmt hei mi den Haut auf. – Nu hängt äwer ümmer min Haut un min Fru ehr Haut, as sick dat hürt, in eheliche Eintracht an *einen* Stänner, un ick hadd mi in de Hast vergrepen un hadd mine Fru ehren nigen Winterhaut mit de swarte Fedder upset’t. – „Smieten S’ den Beddel ’rin!“ segg ick un lop in Horen furt. – Ick kam nah Hagemannen: „Hagemann“, segg ick, – dunn was de Pust all. „Min leiw oll Fründting“, seggt hei, „wat is Sei?“ – „Hagemann“, segg ick, „hir sünd von min Mäten Poppieren verköfft; wo sünd sei?“ – „Weit ick nicks von“, seggt hei, „möten wi Kalliessen nah fragen.“ – Kallies ward raupen, Kallies kümmt ok. – „Kallies“, segg ick, „wo sünd de Poppieren, de min Mäten hir verköfft hett?“ – „Heww ick’t nich seggt“, seggt hei, „dat dat wichtige Poppieren wiren?“ – Ick atent’ hoch up. „Kallies“, segg ick, „üm Gottes willen! Dor was so’n ollen Smöker mang, so’n rechten ollen.“ – „Ja“, seggt hei, „*den* heww ick dor nich up anseihn, de is in den Harwstmark verbrukt.“

De Urgeschicht von Meckelnborg in den Harwstmark verbrukt! Tau Kes’ un Hiring un gräun Sep verbrukt! Kes’ un Hiring un gräun Sep in Meckelnborgs geschichtlichen Ruhm, in minen literarischen Ruhm, in min teigendusend Dahler un in min Dokterdiplom inwickelt! *De* Hiring un Kes’ un gräun Sep mägen säut smeckt hewwen! – Mi treden de Ahnmachten an.

„Min leiw oll Fründting!“ seggt Hagemann, „faten S’ sick, Sei sälen allens wedder hewwen, wat noch dor is. – Hörst du, Kallies, alles!“ – Kallies bringt denn ok allens up einen Hümpel tausamen. De fiw Bän’n „dramatische Versuche“ wiren noch vullstännig, „Knipperdolling“ en beten äwer de Hälft, un de „lyrischen pladdütschen Gedichte in Triolett- un Rondeau-Form“ wiren ok noch binah all dor; äwer nich mihr in de Triolett- un Rondeau-Form, sünnern in

de Form von Klistertüten un Klisterbüdels. – De Urgeschicht von Meckelnborg was fläuten.
Wenn einer so up einen Slag teigendusend Dahler un den Doktertitel verliert, mine Herrn, so is dat kein Spaß, un ick bewunner mi noch ümmer sülwst, wo ick nah so'n Slag ruhig upstahn, mine Schriwwten mitsamt de Poppierbüdels un -tüten unner den Arm nemen un nah Hus gahn kunn.
As ick äwer den Mark gah, steiht de Dokter Siemerling vör sin Dör: „Mein Gott", seggt hei, „was haben Sie da unter dem Arm?" – Hei is Dokter un red't natürlich hochdütsch. – „Verkleisterte Hoffnungen", segg ick un red ok hochdütsch, denn ick was falsch. _ „Aber wo haben Sie denn Ihren Hut verloren?" – „Bin froh", segg ick, „daß ich meinen Kopf nicht auch verloren habe", un gah driwens nah Hus.
Siemerling hett nahsten seggt, ick wir em spansch vörkamen; äwer lat Siemerlingen man mal teigendusend Dahler un sinen Doktertitel verlieren, denn ward hei mi ik woll spansch vörkamen.
As ick tau Hus kam, sitt min leiw Fru in min Stuw' un rohrt. – Ick smit mine schriwwtlichen Hoffnungen up den Disch hen, dat de Klisterbüdels un -tüten in de Stuw' 'rüm stöwen, süfz en pormal un segg: „Dat kümmt dorvon!"
„Wo von?" fröggt sei un höllt mit Rohren an.
„*Dor* von!" segg ick.
De Inleitung was nu jo all makt, un nu künn't Scharmützel los gahn; äwer sei müggt jo woll taum Glükken in desen Fall ehr Unrecht inseihn, sei rohrte tau mine stille Freud' ruhig wider un süfzte endlich un frog: „Wo ward't nu?"
„As't ümmer west is", segg ick. „Du kakst Eten, un ick schriw Bäuker." Äwer dorbi stegen mi nu de teigendusend Dahler un all de Herrlichkeiten, de wi dorför hadden hewwen künnt, tau Kopp, un ick segg: „Ja", segg ick, „dat nige siden Kled un de Fru Doktern, das slag di ut den Kopp. – Oh, ick heww

mi dat so schön dacht – nich üm *minent*willen, ne, üm *dinent*willen –, wenn wi so middags äwer'n Wall gahn wiren; du haddst din niges siden Kled an un haddst din Kreolin en En'n lang' breider utschaten, un de Honeratschonen wiren kamen un hadden drei Toll deiper grüßt: ‚Guten Morgen, Frau Doktorin! Guten Morgen, Herr Doktor!', un du haddst denn so en beten mihr von baben dal wedder grüßt un haddst seggt: ‚Wie geht es Ihnen? Ich habe Ihren kleinen Philipp oder Robert oder Mathilde oder Georgine so lange nicht gesehn; schicken Sie mir die lieben Kleinen doch diesen Nachmittag ein bißchen zu.' Un wenn wi tau Hus kamen wiren, denn hadd en Gaus'braden up den Disch stahn, un ick hadd seggt: ‚All wedder Gaus'braden?', un du haddst seggt: ‚Wi hewwen't jo; känen't jo dauhn.' – Un nahmiddags hadd ick nah'n Hof 'rute raupen: ‚Korl!', un de frühere Kutscher, Ridknecht, Gärtner, Bedeinter un Husknecht von Herrn von Meyen wir 'rute kamen: ‚Herr?', un ick hadd tau em seggt: ‚Korl', hadd ick seggt, ‚Punkt vir bring' mi den Brunen vör de Dör, ick will mit den Herrn Avkaten Löper en beten de Landstrat up un dal riden.' Ick hadd mi in Baron von Maltzahn sinen höhern Dubenverein upnemen laten, un 's Abens wir ick in den Klubb gahn un hadd de Nacht dörch Lommer spelt, denn, min Döchting, wer wat hett, kann ok wat verlieren."

Un as ick dat Wurt „verlieren" so utsprek, föllt mi min Verlust von de Urgeschicht wedder in, un ick dreih mi snubbs üm un fang an up un dal tau gahn; un sei hakt unner minen Arm, un so gahn wi denn 'ne Tidlang bet an de Enkel mang de lyrischen pladdütschen Poppierbüdels in Triolett- un Rondeau-Form spazieren.

Endlich seggt sei: „Also ok mit den Dokter, meinst du, is dat för ümmer vörbi?" – „Ja", segg ick, „meinst du, dat sei mi up fiw Bän'n ‚dramatische Versuche' un en halwen ‚Knipperdolling' un up des' Kop-

mannstüten taum Dokter maken? – In dinen Lewen ward kein Deuwel tau di Fru Doktern seggen; dat ward heiten: Fru Reutern, di lew ick, un Fru Reutern, di starw ick.“
Dunn föllt sei mi mit en Mal üm den Hals un röppt: „Segg denn ok so tau mi, as alle Lüd’ tau mi seggen, segg denn ok: Fru Reutern, di lew ick, Fru Reutern, di starw ick; denn mag de Fru Doktern gahn, wohen sei will.“
Na, dit kamm mi denn äwern Hals un ok an den Hals, un in beiden Fällen bün ick wat unslüssig; ick wull nu eigentlich falsch bliwen un wull en Wurd hochdütsch mit ehr reden; äwer as ick sei nu so anseih, dunn würd mi doch so jämmerlich tau Maud, un ne christliche Besinnung kamm äwer mi, un ick wull ehr all en Kuß gewen. Dunn kloppt dor wat: „Herein!“, un uns’ Herr Paster kamm ’rin: „Ich wollte doch mal ..., aber ...“
Ob hei nu mit dit „aber“ unsern angefungenen Kuß oder min Fru ehr dickweinten Ogen meinte, weit ick nich; denn taum Glücken kamm sin Brauder Irnst Boll achter em un säd: „Wi wull’n di doch tau dinen Geburtsdag gratulieren.“ – Nu föll mi min Geburtsdag irst wedder in. „Min leiwen Frün’n“, segg ick, „wat is dat schön, dat Sei mi hüt besäuken kamen, denn hüt ...“ – „Aber ...“, seggt de Herr Paster, denn as Paster red’t hei hochdütsch, „wollen Sie hier denn einen Kramladen anlegen?“ Un dormit stött hei mit den Faut mang de infamen Tüten, dat em richtig so’n ßackermentsche Poppierbüdel up de Stäwelsnut hacken blew, mit den hei den ganzen Abend in alle Unschuld herümtriumphieren ded.
Na, min Hart is kein Mürdergruw, un ick vertell denn all dat Elend, wat mi den Dag äwer bedrapen; un so reden wi denn ’ne Wil doräwer; dunn bringt min Fru de ßackermentsche Spickgaus von hüt middag un en Drüpping Win von Josep Nissen herinner un sett allens vör uns up den Disch, äwer sihr trurig.

Un as de leiwe Gottesgaw' so vör uns steiht, kickt de Herr Paster mit en Mal tau Höcht un kickt min Fru – baff – in dat Gesicht un seggt: „Aber ... liebe Frau Reuter, *der* Schaden ließe sich am Ende wohl noch kurieren." – „Herr Pastor", seggt sei, „sagen Sie's!", denn wenn sei mit den Herrn Paster red't, red't sei ok hochdütsch, wil dat sei 'ne Preisterdochter is un em dorin nicks nahgewen will. – „Ich meine", seggt hei sihr langsam, denn hei is en äwerleggend Mann un dorüm ok en tauverlaten Fründ, „ich meine, Reuter hat ein gut Gedächtnis, er hat das Manuskript gehörig studiert; sollte es ihm schwer werden, dasselbe aus der Erinnerung niederzuschreiben?"
't geiht doch nicks äwer en gauden Fründ! „Dat kann ick", segg ick, „ick kann't! – Kein twintig Mal schaffen, dat ick't dörchlesen heww. – Wenn *sei* ruhig slapen ded, denn termaudbarst't ick mi den Kopp dormit." – „Und Ernst hier", seggt hei, „hat das Original gesehen, er kann Ihnen Echtheit bezeugen." – „Ja", segg ick, „hei hett dat Waterteiken seihn, hei hett de Tint beseihn, un hei hett dor ok an raken; un Knitschky hett den Titel un dat En'n seihn; un Dokter Reinhold hett den Deckel seihn." – „Was wollen Sie mehr?" seggt de Herr Paster. „Sie haben *drei* Zeugen."
Dat was wohr; an *twei* Tügen hadd ick naug, de Dokter Reinhold was tautaugewen. „Irnst Boll", segg ick un holl de Hand hen, „ick will di nich äwersetten, willst du mi din letzt Gebott hollen, willst du mi for dese ‚getreuen nächtlichen Erinnerungen aus der – aus der eigenen Hand des Stolpeschen Gerippes empfangenen – Urgeschichte von Mecklenburg' fiwdusend Dahler gewen?"
„Lieber Reuter", seggt hei, „die Sachlage..." – Haha, denk ick, nu fängt de ok all hochdütsch an! Denn ick kenn dat: wenn hei hochdütsch red't, denn is hei in Verlegenheit. „Lat sin!" segg ick argerlich, „lat sin!" – Nu sitten wi wedder 'ne Tidlang un eten Spickgaus.

Mit einmal fängt de Herr Paster wedder an: „Aber Hinstorff?“
„Ja, Herr Pastor“, röppt min Fru, „Sie haben recht, Hinstorff!“
„Lieber Reuter“, seggt Irnst Boll, „ich glaube auch, Hinstorff...“
„Würklich!“ föll ick em in't Wurd, „ick glöw ok, dat Hinstörp mi am En'n so'n Bauk afköfft; äwer *de* giwwt kein fiwdusend Dahler, de giwwt kein fiwhunnert.“
Nu eten wi denn wedder stillswigends en Strämel Spickgaus.
„Herr Reuter“, säd de Herr Paster, „opfern Sie sich für die Wissenschaft, und nehmen Sie die fünfhundert Taler.“
Un ick ded't, un as min beiden Frün'n gahn wiren, set't ick mi stantepeh dal un makte den vullstännigen Titel, den ick hir her sett; möt äwer ingestahn, dat mi min Fru en beten dorbi hulpen hett, üm mi irst in den Swung tau bringen. Also:

Wiß un wohrhaftige
Urgeschicht
von Meckelnborg-Swerin un -Strelitz
mit sine angrenzenden Provinzen, von Erschaffung der Welt im Johre O bet up Hertog Niklotten, Dörchläuchten, im Jahre 1200 nah Christi Burt,

so as sei mi dat selige Eddelmannsgeriww in Stolp handschriftlich hinnerlaten un tau eigen vermakt hett, de äwer, leider Gotts, in den letzten Harwst mark tau Bramborg von den Unverstand der Minschheit taum Kes'inwickeln verbrukt is, sick äwer doch taum großen Glücken för dat Land Meckelnborg un de äwrige Welt in minen behöllern Kopp erhollen hett.

Kort un bündig an dat Licht gewen, ok för de Herrn Ungelihrten mit allerhand verstännige Betrachtungen un för de Herrn Gelihrten mit paßliche Noten verseihn von

Fritz Reutern,
Doctorandussen
(is ok för Frugenslüd' un Schaulkinner tau bruken)

Hinstörpsche Hofbaukhandlung
1860

IRSTES KAPITTEL

Von de Erschaffung der Welt

As uns' Herrgott de Welt erschaffen ded, fung hei bi Meckelnborg an, un tworsten von de Ostseesid her, un makte dat eigenhändig fahrig, up de ein Sid bet Ratzeborg un Swerin, up de anner Sid bet Stemhagen un Bramborg, un wis'te sine heiligen Engel, wo't makt waren müßt, un redte tau ehr un säd, sei süllen't so wider maken. Na, Raphael fung nu bi Nigen-Strelitz un Mirow an un Gabriel bi Groten-Bäbelin, Serrahn un Krakow, un Michael namm dat Lübtheener Amt un Grabow un Däms, äwer't würd ok dornah. – Na, Lihrwark is kein Meisterstück. – Äwer unsern Herrgott würd dat doch sihr jammern, dat sin gaud Wark so verbruddelt warden süll, un hei röp sei noch mal tausamen un säd: „Nu paßt gaud up! Ick will jug dat noch mal vörmaken." Un dunn makte hei de Räbelsche Gegend un de Lübzsche Gegend un den Parchenschen Sünnenbarg un säd: „Dor nehmt jug en Ogenspeigel an!" – Äwer, was dat nu pure Fulheit oder was dat blote Dämlichkeit, sei huddelten doräwer hen un muddelten wat taurecht un nemen nich naug Leim mang den Sand, un karrten den König von Preußen sin Mark Bramborg fahrig bet Gräfenhähnichen un Treuenbriezen, un den König von Hannover sin Lüneborger Heid bet Giffhorn un Celle; dunn röp äwer uns' Herrgott: „Holt! Stopp! De Sak, de geiht nich! Ji makt mi jo min ganz Dütschland tau Schanden. – Sleswig-Holstein heww ick wildeß fahrig makt, nu makt jug' Streich mit den König von Dänemark sin Jütland, dor kän't ji so hoch springen, as ji willt; äwer ji makt mi dat Ding mit en Zippel! Hürt ji, mit en Zippel!" In't Johr 0

Up dese Ort is uns' Meckelnborg worden, un schön is't in'n Ganzen worden, dat weit jeder, de dorin buren is un tagen; un wenn en frömd Minsch 'rinne kamen deiht, un hei hett Ogen tau seihn, denn kann hei seihn, dat unsern Herrgott sin Hand up Wisch un Wald, up Barg un See sülwst rauht hett un dat hei Meckelnborg mit in't Og fat't hett, as hei sach, dat allens gaud was.

TWEITES KAPITTEL

Von de irsten Inwahners in Meckelnborg

De irsten Inwahners von Meckelnborg wiren de Poggen, un wer in frühern Johren mal bi Harwst- un Frühjohrstiden tüschen Wismer un Swerin oder tüschen Stemhagen un Malchin de Landstrat langswemmt is, de ward mi dorin recht gewen, dat in so'ne Mehlsupp von Land un Water kein anner Veih assistieren kann as Poggen. Na, wo Poggen sünd, finnen sick ok Adebors, seggt dat Sprückwurd, un so kamm dat ok hir, denn de tweiten Inwahners wiren de Adebors, un dorüm is dor ok gor nich gegen tau striden, wenn weck olle Geschichtsschriwers behaupten, de irsten Börgerlichen in Meckelnborg wiren de Pogges un de irsten Eddellüd' de Herrn von Storchs west.
Na, unsern Herrgott müßt äwer woll dese ewige Poggen- un Adeborgeschicht sihr äwer warden, taumal dor em de Düwel dagdäglich in de Uhren lagg, hei süll nahgradens Minschen maken, dat hei so bi Lütten sin Geschäft ok anfangen künn; denn de ganze Höll stunn dunntaumalen so leddig as dat Wohrenlager von en jungen Anfänger von Produktenhändler, de kein Geld hett. – Unsern Herrgott würd also dit ewige Gepranßel äwer, un hei säd tau den Düwel: „Schön", säd hei, „ick will mi nich dagdäglich an di argern, mak di also up de Flunken un seih sülwst tau, wo wid dat mit de Drögnis up de Ird is; wi schriwen hüt den irsten November, un wenn't hüt geiht, ward dat alleweg' gahn."
Na, de Düwel haspelt sick also ok 'runne un kamm

bi den Fuhlenrosser Dirgoren[1] up dat richtige Flag un kned't un wad't dor in den Dreck herümmer, bet hei en richtigen Snuppen in den Liw' hadd, un kamm nu wedder 'ruppe in den Himmel, putzt sick de Beinen sihr sauber vör de Dör auf, dat nicks tau seihn was – den Start äwer verget hei –, un kamm nu 'rin in den Himmelssaal, prustete dreimal wegen den Snuppen un säd: „Allens moy drög, un't kann los gahn." Uns' Herrgott kek em äwer nah den Start un säd: „Du büst en Lägner von Anfang an, bekik

[1]Mit den Fuhlenrosser Dirgoren hett de selig Eddelmann recht; de Düwel hett hüt un desen Dag dor noch sinen Wessel, wenn hei von Serrahn nah Malchin un von Malchin nah Serrahn geiht, üm sine beiden besten Frün'n tau besäuken. Dese beiden Frün'n hollen grote Stücke up den unsaubern Geist; de Malchiner geistliche Herr wir de unglücklichste Minsch in Meckelnborg, wenn hei blot unsern Herrgott hadd, hei *möt* den Düwel hewwen, un de Serrahner hett sick all so wid mit den ollen Gesellen inlaten, dat hei den ollen Stänker sine Fomilienverhältnissen genau kennt. – Nu brukt hir keiner tau glöwen, dat dese beiden Herrn dörch den dagdäglichen Ümgang mit den höllischen Herrn slichter worden sünd oder dat sei in den Anfang em up Tee un Botterbrod oder tau Abend up en Glas Punsch inladen hewwen – ne, dat nich, ehr is dat wohrschinlich grad' so gahn as mi, sei hewwen sine Bekanntschaft taufällig makt. – Mi gung dat nemlich so: As ick noch leddig un los was un in de gräfliche Begüterung min ökonomisches Wesen bedrew, let ick mi mal mit den ollen lütten Heidengott in, den de Düwel gewöhnlich as sinen besten Afgesandten vörut schicken deiht, un dit olles lüttes Krät prickelte un stäkerte an mi 'rümmer, dat ick anners keine Rauh funn, as wenn ick 's Abends nah Fierabend en beten nah den Herrn Paster in den Hagen gung, wo *sei* nemlich was, wat nu min Fru is; un wenn ick denn in de schönste Seligkeit in düstre Nacht tau Hus gung, denn müßt ick dörch den Fuhlenrosser Dirgoren, dat heit, wenn ick nich in den gewöhnlichen Landweg versupen wull. – Na, eines Abends gah ick denn ok minen Weg – mi was den ganzen Dag so tau Maud west, as wenn mi noch wat passieren süll; bi den Herrn Paster wiren Späukgeschichten vertellt; wat *sei* was, sei hadd den Erlkönig sungen; un as ick nu minen Fautstig dörch den Dirgoren entlang gung, grugt ick mi. – Mi was't, as wenn dat üm mi 'rümmer huschen un flustern würd, as wenn dat üm mi 'rümmer so recht gelbunt lachen ded un staats mi dorup tau stütten, fot ick minen appelbömern

doch mal dinen Start." – Na, dor stunn hei nu as Schriwer Block vör sine swarte Tät; äwer verlegen würd hei dorüm doch nich un säd ganz frech: „Ick heww mi dacht, de Minschen süllen mit Krempstäwel up de Welt kamen." – „Ick kenn di!" seggt uns' Herrgott. „Nu mak, dat du furt kümmst! Un böt unnen in dinen Aben gaud in, dat't baben bald drög ward, un du sülwst", seggt hei – denn uns' Herrgott hett sülwst mit den Düwel Erbarmen –, „sett di achter'n Aben, dat du den Snuppen los wardst."
Dor satt nu de olle Stänker un sunn up pure Niderträchtigkeiten un röp sinen Geheimen-Ober-Spitzbauben-Karnalljen tau sick un frog em: „Wo mak wi dit?" – „Herr", säd de, „ick heww seihn, dat Gabriellen bi dat Landmaken in de Gegend von Groten Bäbelin de Sand- un de Steinbüdel platzt is un dat dat dor all handlich is. Wenn wi nu dor so'n russ'sch Rühr 'ruppe trecken, denn möt dat mit den Deuwel taugahn, wenn wi 't echter Frühjohr nich drög hewwen."

Handstock wat körter, dat ick mi dor noterwis' mit wehren wull. So gah ick denn in de düstern Ellern 'rinne; äwer – perdautz! – scheit ick so'n Fautener vir voräwer kopphester up wat Ruges un wat Swartes, mit de ein Hand krig ick en Hürn tau faten, mit de anner en Kauhfaut, un – swabb! – sleiht mi dat mit en Start in't Gesicht herin, dat mi de Ahnmachten antreden. – So vel weit ick noch, dat ick von dat Unwesen bi Sid herunner follen bün un dat, as ick wedder tau mi kamm, nicks nich tau seihn was. – Wenn dat nich de Düwel was, denn weit ick't nich – Hürn, Kauhfaut un Start, un rüken ded't ok nich besonders. – De Herr Oberentspekter Lampel hett dat nahsten so utdüden wullt, as wir dat ein von sine swarten Starken west, de hei in den Dirgoren jagt hadd, un sei hewwen jo ok ümmer doräwer lacht un ehren Spijök dormit bedrewen; äwer ick frag jeden Christenminschen, wat ein Ökonomiker, de dagdäglich mit dat leiwe Rindveih ümgahn deiht, sick so für 'ne olle dämliche Stark verfiren ward, dat hei in Beswimnis föllt? – De Eddelmann hett mit den Fuhlenrosser Dirgoren recht.

„Schön", säd de Düwel, „mak din Sak! Irst lang mi äwer den Snuwdauk mal her!"
Den negsten Frühjohr was denn nu Groten-Bäbelin dat drögste Flag up Irden un is't ok bet taum hütigen Dag blewen. Un uns' Herrgott stunn dor un röp sine heiligen Engel, de müßten em Leim halen von dat negste Flag, wat hei sülwen makt hadd, und dat was de Preisteracker tau Jabel, denn tau Bäbelin was kein Hand vull Leim. Un uns' Herrgott makte den Mann in sine Herrlichkeit un Pracht un makte dat Wiw in ehre Schönheit un Leiwlichkeit, un Adam un Eva wiren de irsten Meckelnbörger; un wenn en frömd Minsch so dörch uns' meckelnbörger Land geiht, denn kann hei noch männigen Kirl seihn, de wat von sinen Öllervader Adam an sick hett; un de säuten Evas? Ach, du leiwer Gott, de lopen jo noch hümpelwis bi uns 'rümmer.
As de Düwel dat Minschenmaken so mit ansach, säd hei: „Sall ick ok mal so?" Un uns' Herrgott säd so recht in stillen Freuden: „Minentwegen." Un de Düwel kned't ut den Bäbeliner Sand un sin Spuck wat tausamen un pust't dorin, un as't fahrig was, wat wir't? – Luter Apen! – Un wenn en frömd Minsch so dörch uns' mecklenbörger Land geiht, denn kann hei de Ort, de de Düwel makt hett, ok noch tau seihn krigen: De Mannslüd' ut den Düwel sine Fawerik heiten up Stun'ns „Mulapen" un de Frugenslüd' „Zierapen".[1]

[1]Hirut kann sick dat einer entnemen, dat de gewisse Engelländer, mit Namen Darwin, de ganz frech behaupten deiht, dat wi Minschen alltausamen, sülwst Papst un Kaiser, von de Apen afstammen un dat de Ahnen, sülwst von uns' Eddellüd', mit Wickelswäns' 'rümmer gahn sünd, up en argen Holtweg is. – So as uns' Handschrift dat richtig seggt, so is't west: blot de Ahnen ut den Düwel sin Fawerik hewwen up de Johrmarke up en Kameel reden un de Lüd' scheiw Müler tau makt.

DRÜDDES KAPITTEL

Von dat Paradis

Hir erinnere ick mi de itzigen Würd' von den seligen Eddelmann, hei seggt: „Äwer de Lag' von dat Paradis is all öltlings vel streden worden, äwer nah de bestimmten Nahrichten von minen Öllervader Noah un nah de Meinung von mine ganze Fomili un unsere ganze Sippschaft was dat Paradis in Meckelnborg un is ok noch hüt un desen Dag dor, wenigstens för de Ridderschaft." Un ok ick stimm dorin mit den seligen Eddelmann tausam; äwer Meckelnborg is grot, in wecker Gegend lagg denn nu de Paradisgoren? Doch woll dor, wo dat tauirst drög worden is un wo de irsten Minschen makt sünd, bi Groten-Bäbelin, Serrahn un Krakow, so recht middwarts in Meckelnborg. Äwer ick heww noch mihr Grün'n för dese Behauptung, denn irstens is de Düwel up kein Flag in Meckelnborg up Stun'ns noch so begäng' as in dit verlurene Paradis, wo hei sin irstes un niderträchtigstes Hauptstück utäuwt hett; un tweitens erinnere ick mi, dat ick in mine Schauljohren mit Korl Kräugern tausam mang de Schüns von Krakow mal 'ne olle halw verwischte Tafel funnen heww, dor kunn einer noch lesen:

Kain darf
hier rauchen
Feuer schlagen
wahren
abel.

Wat mines Wissens woll nich anners tau lesen is as: *Kain traf hier* seinen Bruder und sah sein Opfer *rauchen* und gen Himmel das *Feuer schlagen*, und ehe sich dieser dagegen konnte ver*wahren*, erschlug er den *Abel*. Mi dücht, dit is Bewis naug, un Korl Kräuger kann mi dat betügen. – Ick heww frilich woll hürt, dat hei sick doräwer lustig makt hett un hett vertellt, hei hadd den ollen seligen Senator Wecker in Krakow dornah fragt, un de hadd em seggt, hei hadd de Tafel sülwst schrewen, un dor hadd up stahn: „Kainer darf hier mang die Scheunen Toback rauchen oder gar Feuer schlagen bei zwei Thaler Strafe." Un en beten unnerwarts hadd stahn:

„Weg nach Wahren und Jabel."

Äwer ick möt dorbi seggen: Korl Kräuger was in jungen Johren sihr lichtglöwig, un de Herr Senator Wecker was en Spaßvogel. – Mihr segg ick nich! Un wer nich mine Ansicht is, de mag mi von't Gegendeil äwerführen!

Wat süs noch in den Paradisgoren passiert is, weit jeder Minsch, un wenn hei dat anners nich weiten süll, denn kann hei dat an sick sülwst seihn, indem dat hei dagdäglich ümmer noch in den sülwigen Appel bitt, den Eva anbeten hett.

För Adammen was't äwer slimm, hei kamm von't Pird up den Esel, hei was as Eddelmann inset't worden un müßt as Bur mit en witten Stock dorvon gahn. Äwer wo is hei blewen? Dat is de Frag'.

De Stolper Handschriwwt seggt utdrücklich, hei is nah Jabel hentau gahn un hett sick dor up den Kleiacker en lütten Katen bugt. – Hüren lett sick dat, denn eigentlich was de Jabelsche Preisteracker sin richtiges Vaderland, von wegen den Leim, ut den hei kned't was; un denn stunn noch bet verleden Johr vör den groten Brand in Jabel oll Bur Bummgoren sin einhischig Katen mit de Ümschrift:

Adam un Eva wahnten drin,
Un Adam gröw un Eva spünn.

Wider will ick doräwer nicks nich seggen; denn so'ne Unnersäukungen mägen von grote Wichtigkeit sin; äwer den'n, de sei makt, warden sei hellschen sur.[1]

VIRTES KAPITTEL

Von Adam un sin Fomili

In 't Johr 1

Na, Adam ackerierte nu düchtig los; äwer in de Irst gung em dat man hellschen swack; hei was mit sin Fru allein, un sei kunn em wenig helpen, denn sei hadd mit de Gören tau dauhn. Anspannung hadd hei ok noch nich bet up ein jöhrig Fahlen, wat hei sick in de Jabelsche Burkoppel grepen hadd un wat hei sick so bi Lütten anbännigen wull; un männigmal hewwen Lüd' dat seihn, dat hei bi sin Grawen

[1]Dat glöw ick sacht! Angripen deiht so wat, un bi den Stand von de Wissenschaften tau den seligen Eddelmann sine Tiden müggten so'ne Unnersäukungen ok just woll noch nich nödig sin; up Stun'ns äwer möt allens unnersöcht warden, gründlich unnersöcht warden, süs leggt einer mit sin Bauk in den Nettel. – Un dor stellt sick denn tauirst de wichtige Frag' herut: Wat redten Adam un Eva för 'ne Sprak? – Weck seggen „Hebräsch"; kann ick äwer nich bipflichten, denn Adam was ganz säker kein Jud', hei hett keinen Laden un kein Bankgeschäft hatt, hei was en einfachen Ackersmann. – Also, „Hebräsch" is nich, äwer wat? Üm hir up den Grund tau kamen, möt wi up de Städen taurügg gahn, wo tauirst von Spraken de Red' is, un dat is de Sprakverbisternis bi den Babylonischen Torm. Dejenige Sprak nu äwerst, de am meisten von dese Bisternis bibehollen hett, möt also woll de öllste sin un ward ok wohrschinlich von Adam un Eva red't sin, un dat is de – pladdütsche; denn dorin is noch so'ne Bisternis, dat dat en Hund jammern kann un dat sogar min Fründ, de Herr Avkat Hobein, vör Johren all up den minschenfründlichen Infall kamen is, en pladdütschen Schriftsteller-Kongreß tausam taube-raupen, dat doch dit babylonische Elend mal uphüren ded. 't is schad, dat dor nicks ut worden is; 't wir ok woll en Babylonschen Torm worden.
Ick heww vel äwer Adammen sine Sprak lesen un vele Bäuker doräwer nahslagen, heww äwersten nicks Bestimmtes funnen; blot ein oll Smöker beseggt stiw un fast – bewisen deiht hei't äwer ok nich –, de irsten Würd', de Adam red't hadd, wiren west: „Eving, giww mi en lütten Kuß!"

Pust hollen hett un hett sick up den Spaden stüt't un hett weihmäudig äwer den Loppiner See nah de Gegend von Groten-Bäbelin räwer seihn, bet em de hellen Tranen in de Ogen treden sünd. Äwer wat helpt dat all? För dat, wat west is, giwwt de Jud' nicks. – Nu künn ein von uns' nimod'schen Eh'lüd' meinen, hei hadd dat Eva düchtig entgellen laten, dat sei em in dit Unglück stött hadd – äwer ne! Hei stammte von en tau gauden Vader her, un sin leiwe Fru gung so still in ehre eigenen Weihdag' bi em 'rümmer, dat hei ut 'ne grote Weikmäudigkeit gor nich 'rut kamm un allens ded, wat hei ehr an de Ogen afseihn kunn. Hei drog ehr Water un Holt, makte 's Wintersmorgens Füer an, un wenn sei 'n Kind an de Bost hadd, denn weigt un buß't hei 't Nachtens. – So gung dat 'ne Wil in Jammer un Elend furt, un wenn sei ok mal 'ne Handvull Kurn bugten, so müßten de Tüften doch dat grötste Lock taustoppen. – Kain, sin Öllst, de em un sine leiwe Fru dat grugliche Stück mit Abeln makt hadd un de em schön all hadd unner de Arm gripen künnt, let nicks von sick hüren, hei was utwannert – wohen, wüßt kein Minsch – un hadd sick 'ne Fru namen – wat för eine geburene, wüßt ok kein Minsch. Ick denk mi äwer, dat ward woll ein von den Düwel sin Zierapen west sin, denn so ein hadd hei verdeint.[1]

[1]De gelihrte, berühmte Hollänner Verknusius hett in eine eigene Schriwwt up dat Vullstännigste nahwesen, dat tau Kain sine Tiden noch kein Steckbreiw' un Schandoren Mod' west sünd, un dit gew ick Bifall; wenn hei äwer wider seggt, dat Kain äwer de preußsche Grenz nah Berlin tau gahn is un is dor Husknecht worden und hett sick dor verfrigt, un sine Nahkamenschaft wahnt noch hüt un desen Dag in en groten Paleh tau Berlin an den Molkenmark, so möt einer doch dese Nahrichten mit grote Vörsicht upnemen, denn de Hauptsak, wat Berlin äwerall dunn all assistiert hett, liggt doch noch hellschen in't Gewäuhl. – Ja, wenn hei *Demmin* seggt hadd, denn let sick dat hüren, denn de sihr gelihrte Herr Paster Stolle tau Demmin hett nahwesen, dat de Stadt Demmin all vör de Sündflaut begäng' west is un dat dunntaumalen dor all 'ne Uneversetät mit Professers un Fridi-

Äwer mitdewil wuß denn nu Seth ok all ut den Dreck un künn ok all en Gang gahn un 'ne Bestellung utrichten un kamm männig schön mal mit en Gericht Angelbors von den Jabelschen See taurügg un hölkert ok Krewt. Dat hülp sick denn all, denn as
In 't Johr 245 Vader Adam tweihunnertunfiwunvirtig Johr olt was, was hei all schön in de Reih, un hei hadd all 'ne Kauh up den Stall, de Frühjohrs melk worden was, un taum Harwst hadd hei ein lütt nüdliches Pölk up den Kaben, un dat Fahlen ded ok all sin Ding'.

Dat hadd woll wat lang' wohrt, bet hei so wid kamen was; äwer so was dat *dunn*. – Uns' Buren kün'n sick doran en Ogenspeigel nemen, denn dat Volk will jo nu all woll up einen Slump rik warden. Min Fru seggt mi taum wenigsten, sei möt för de Botter acht un ok teigen Gröschen betahlen, un för den Gaus'braden tau minen Geburtsdag heww ick sülwst twei Dahler gewen müßt.

Wat Eva was, so blew sei ehr Lewlang ümmer still un för sick; äwer as sei all achthunnert Johr olt was, was sei noch hübscher as all ehr Döchter un hadd sihr vörnehme Manieren an sick, so dat Vader Adam oft tau sin Döchter säd: „An jug Mutter nehmt jug en Ogenspeigel!", un dorbi kloppt hei sine leiwe Fru up de roden Backen un frog: „Mutting, wo is't mit en Stück sur Swinfleisch oder mit en Stück Aal, Seth hett jo woll vorgistern wecken fungen?" Denn hei hadd in sinen hogen Öller noch ümmer en sihr gesunnen Magen.

Hei sturw, as hei nägenhunnertundörtig Johr olt
In 't Johr 930 was, un hei was gaud in de Wehr, denn hei was de rikste Bur in't ganze Klosteramt Malchow. In sin

schen west is, worüm nich also ok all tau Kain sine Tiden? (Wenn einer will, so kann hei dit lesen, in den Herrn Dr. W. Reinhold sine Urgeschicht von de Stadt Woldegk up de irste Sid. – Äwerhaupt is dit en Bauk, wat ick bidden möt, ümmer bi de Hand tau hollen, wil ick mine meiste Wissenschaft dorut entnamen heww.)

Inventor un in den Butenacker deilten sick sin Kinner ahn Versigelung, Gericht un Avkaten. Seth äwer kreg de Hauw.

FÖWTES KAPITTEL

Von Adam sine Nahkamenschaft

Wid un sid seten nu Adammen sine Kinner un Kinneskinner, vör allen in't ridderschaftliche Amt Stemhagen, ümmer Bur bi Buren, jeder up sinen Meß; un ehr einzigstes Gesetz was: „Wat einer hett, dat hett hei." 't mag ok 'ne schöne Wirtschaft west sin, denn de allgemeinste Fritägigkeit güll dörch ganz Land Meckelnborg, un von 'ne heilsame Heimatsgesetzgebung, von Truschin un Militörschin un Pockenschin was kein Red', un de Folgen dorvon künnen je denn nu ok nich utbliwen. An einen Sünndagnahmiddag nämlich so üm Pingsten ut würd dat ganze Land in Upruhr verset't, denn Rabatten un Macholen ehre Pirdjungs slogen sick in den Scheidelgrawen tüschen Fuhlenroß un Demzin, dat de Hun'n dat Blaud licken kün'n, indem dat einer den annern tau nah hött hewwen süll – den 20. Mai 1064. – Dat was de irste Krig in Meckelnborg, un sörre *de* Tid is kein orndlich Freden wedder worden in'n Lan'n, un wat de Pirdjungs anfungen hewwen, spünnen de Buren wider, un von dei kamm't an de Börgers un von dei up de Ridderschaft, un so is dat blewen bet up den hütigen Dag. Seth un, wat sin Sähn was, Enos, gewen sick alle Mäuh, de Sak wedder in't Glike tau bringen, äwer vergews, un as Gott den Schaden besach, dunn slogen sick ehr eigenen Schepers un Kauhhirders wegen de Börnung in den Lauban, wil *dat* Johr dat Water knapp was – den 7. Juli 1065. – Na, des' beiden bröchten ehr Lüd' utenanner, un as sei nah Hus gungen, säd Seth: „Enos", säd hei, „fat mi en beten unner de Arm." Wat em nich tau verdenken stunn, denn hei was vergangenen Sünnabend negenhunnertundrei Johr olt worden. – Na, Enos was en gauden Sähn un ded dat denn ok.

„Min Sähn", säd de oll Herr nah 'ne Wil un stunn still, „dat hett sick min sel Vader Adam nich drömen laten, dat de Larm so bald losgahn würd. Wat dauh wi dorbi?" – „Dat möt Ji beter weiten", säd Enos, denn hei was woll en gauden Sähn un hadd ok forsche Knaken, was äwer keiner von de Hellsten.

Un Seth kamm tau Hus un set't sick dal un äwerläd sick de Sak un säd tau sick: „Desen Sommer un Harwst geiht dat nich, wil dat ick tau späd mit de Strekung fahrig ward, un negsten Sommer geiht dat ok nich wegen den Aust un wil ick wat gegen min Gicht dauhn möt; äwer negsten Harwst!" Un set't sick dal un schrew den irsten Landdag in Meckelnborg ut up den 15. November 1066.

Un as de Tid kamen was, kemen alle Huswirte ut ganz Land Meckelnborg tausamen up de olle Jabelsche Dörpstäd un keken sick enanner an, wat los warden süll; denn einen „engeren Ausschuß" gaww dat dunn noch nich, un de „capita proponenda" wiren noch nich bekannt makt. Äwer wer Ogen hadd tau seihn, künn all marken, dat twei Parteien in den Lan'n wiren, Rabatten sin, wat de aristokratische was, un Macholen sin, wat de demokratische bedüden wull.

Sethen sin Ogen wiren nich mihr de besten, un ahn Brill kunn hei nich gaud mihr in de Bäuker lesen, hei sach äwer doch glik, dat dat Scharp hergahn würd, un hei röp Enossen heran un säd: „Enos, min Sähn, snid di en Stock ut de Wid, un wenn du sühst, dat de Larm tau grot ward, denn bruk dinen Schacht."

So würd Enos de irste Landmarschall in Meckelnborg.

Un dull gung't her an desen Dag, un Enossen sin Schacht spelte linksch un rechts räwer, un mit sine Hülp bröchte Vader Seth dat endlich dorhen, dat de irste Landsverglik in Meckelnborg slaten würd, un de heit:

§ 1. Allens bliwwt bi'n Ollen.
§ 2. Wenn sick de Pirdjungens, Schepers un Kauhhirders slagen willen, känen sei dat dauhn, un keiner hett sick dor mang tau steken.
§ 3. (fehlt).
§ 4. (item) usw.

Un somit gung allens tau Hus, denn von Kontrebutschon was dunnmalen noch nich de Red'.
Un dese Landsverglik ward noch hollen bet up den hütigen Dag, denn de Pirdjungs slagen sick noch ümmer bet up den hütigen Dag; un de ollen slus'uhrigen Schepers, de säden unner einanner, wat säl wi uns de Köpp bläudig slahn, wi will'n de Kirls wat fläuten, un sei fläuten uns noch wat bet up den hütigen Dag; un de oll verstännig Kauhhird Leihsten tau Demzin säd tau sin Kollegen: „Kinnings", säd hei, „wat will'n wi uns' Hut tau Mark dragen? Wi will'n uns' Bullen sick för uns stöten laten!" Un de Bullen, de stöten sick in Meckelnborg noch bet up den hütigen Dag.
Hirut kann jeder seihn, woans de Meckelnbörger en gesetzliches Äwereinkamen tau estimieren versteiht. Seth äwerläd sick dat anner Johr in de Meßführertid un sturw gegen Martini Anno 1067.

SÖSSTES KAPITTEL

As nu Seth grawen was, satt Enos in Adammen sinen Großvaderstaul un säd: „Ick wull leiwer, ick wir min eigen Kindskind as en Patriarch!" Denn obschonst hei en beten sihr verstutzt was, sach hei doch in, dat hei dor nich mang dörchfünn. Un hei röp sinen Sähn Kenan tau sick un säd tau em: „Jung', kumm her un regier!" säd hei, „du hest frilich noch nich dat richtig Öller" – Kenan was irst gegen 700 Johr olt –, „äwer ick heww keinen Lust tau dat Geschäft, ick bün nich för Strid un Stank, un Rabatt un Machol, de laten nich von ehre Nükken. Der Deuwel mag sei untenanner krigen!“ Un dormit stunn hei von den Staul up un set'te sick up de Abenbänk un knackte Hasselnät, denn mit de hadd dat *dat* Johr gaud johrt. – Was Enos nu man wat düsig, so was Kenan sihr klauk un sin Öller un de Tiden nah eigentlich tau klauk. Hei makte sick den annern Dag denn up de Strümp un gung nah Rabatten un log em de Hut vull, un von dor gung hei nah Macholen un log em ok de Hut vull, dat hei sei utenanner kreg. Kort – hei was de irste Diplomatiker in Meckelnborg.

Äwer dat was dunn so as hütigen Dags; de Diplomatiker mägen dat noch so fin infädeln, de Knüppel bliwwt doch ümmer baben, un wenn sei glöwen, sei hewwen de Supp kolt pust't, denn hett de Düwel wedder frisch Füer unner bött. Dat ded de Düwel ok hir, un dat gung so tau:

Rabatt un Machol wiren Veddern; äwer sei künnen sick von lütt up nich recht seihn. „Sie verfolgten verschiedene Interessen“, as dat hüt nennt ward. Rabatt müggt nich recht wat dauhn, hei hödd leiwer Schap, as dat hei achter den Haken gung; äwer hei was en Pfiffkopp, un as sin Vader storben was un hei von sinentwegen vel Geld un Gaud arwt hadd, fung hei en Handel mit fett Ossen an – denn hei was de irst, de ut en Bullen en Ossen un ut en Buck en Hamel tau maken verstunn – un verdeinte vel Geld dormit, indem dat hei sei nah Berlin tau driwen let, in wecker Gegend dunntaumalen Kainnen sine Nahkamen seten un wegen de Drögnis in de letzten Johren grote Nod leden. Na, dordörch würd hei denn sihr rik un let sick uterdem von sine Nahwers hellschen betahlen, wenn hei sine Künst bi ehr utäuwen ded. So äwernem hei sick denn un treckte in dat Basedowsche 'rinne, höll sick Kutscher un Bedeinter, red up de Parforce – denn Scheit-

gewehren wiren noch nich, wil dat de Minschheit tau dat Pulwererfinnen noch tau dumm was –, kort, hei spelte den Dicknäsigen un was dat ein En'n von de Wust, wo de Rosinen in sitten.
Machol was dat anner En'n, hei was von Lütt up hellschen up de Arbeit, hadd äwer en dicken Kopp, kunn sick nich recht wat utdenken un slawte leiwerst mit Meßfork un Döschflegel 'rümmer, bedrew sin Dreifellerwirtschaft nah de olle Mod' un let sine Bullen för Bull un sine Bück för Buck herümmer gahn, as't sin oll Vader makt hadd, un lachte äwer Rabatten sine nigen Moden. Kort, hei was de irste „Konservativer", as sei dat hüt nennen. – Dat hett sick nu ümkihrt; nu heit Rabatten sin Ort so; äwer wi lewen jo ok in 'ne verkihrte Welt. – Dorbi was Machol steinpöttig, let sick nich bedüden, un up sin Burhauw gung hei 'rüm as de Hahn up sinen Meß, denn hei was ok sihr rik, wil dat Gott em 'ne gesegnete Nahkamenschaft un 'ne grote Fründschaft günnt hadd, de all flitig mit heran müßten. Hei wahnte äwer tau Riddermannshagen, wohrschinlich in den irsten Katen linker Hand, wenn einer von Fuhlenroß kümmt.
De beiden Veddern lachten un monkierten sick tauirst also blot äwer'n anner; dunn kamm dat äwer mit de Pirdjungs in den Fuhlenrosser Scheidelgrawen, un wenn dat nu ok dörch den irsten Landsverglik tau 'n Gesetz makt würd, dat de Pirdjungs sick slagen künnen un dat dor wider nicks bi los was, un wenn ok Kenan de beiden Veddern in Rauh snackt hadd, in ehren Harten quüll de Grull up, un sei lurten up enanner, Rabatt, dat em Machol mal 'ne Wisch utmeihen süll, Machol, dat em Rabatt mal mit sin Parforce in den Hawern kamen süll.
Nu begaww sick dat, dat Macholen sin Swesterdochter Zulla, de as Käksch bi em deinte, an den Himmelfohrtsdag 1100 nah dat Flaßweiden gung, denn, wat ehr Unkel was, sei'te för sin Deinstlüd' alle Johr en Virt Flaß ut; äwer ümmer an de

Scheid', wil dor för gewöhnlich kein Meß henkümmt, grad' so, as dat in 'ne sporsame Wirtschaft hütigen Dags noch Mod' is. Na, sei gung denn ok bet an den Fuhlenrosser Scheidelgrawen, wo ehren Unkel sin Rebeit uphüren ded un den Herrn von Rabatt sin anfung – denn Rabatt let sick all sid einige Tid *von* Rabatt näumen – un stellt sick hen un kickt ehr Flaß so an un seggt: „Dor ward ok nich vel nah kamen, dat bliwwt tau kort, un wenn ick mi dor echter Sommer dor Hemden von maken lat, denn gahn sei mi jo woll man bet an de Knei."
Denn sei was 'ne grote, vüllige Perßohn, mit rode Backen, klore, blage Ogen un langes, geles Hor; höll sick ok rendlich an ehren Liw' un hadd'ne Reih Bernsteinkrallen üm ehren Hals. Ehr Tüg was sauber, un wenn sei ok kein Kreolin anhadd, so hadd sei doch mit Eten un Drinken dorför sorgt, dat sei uns're hütigen Damen in den Ümfang nich nahstunn. – Sei süfzt also un seggt: „Na, denn helpt dat nich!" un weidt ehren Flaß, un as de lütt Abendbrodstid kümmt, set't sei sick in den Scheidelgrawen in'n Schatten un vertehrt ehr Botting.
Mit einmal kümmt dat von de Demziner Sid mit Hurah un Hun'nblaffen un Pitschenknallen äwer'n Barg 'räwer, de Has' vörup un de Hun'n achter drin. De Sähn von den Herrn von Rabatt was up de Jagd, un von Schontid wüßt noch kein Minsch wat. – De Has' lep den Scheidelgrawen entlang, äwer de Hun'n kemen in de Möt, un in de Angst sines Herzens sprung hei in ehren Schot, un sei, as 'ne mitleidige Jungfru, slog ehren Ümslageldauk üm em un stödd mit de Bein nah de Hun'n.
De Junker von Rabatt kamm nu 'ranner un verlangte sinen Hasen; sei was äwerst en resolviert Frugensminsch un säd: „De Has' is uns'. – Ick sitt hir up uns' Sid von den Scheidelgrawen, un dor hett keiner wat tau säuken."
De Junker kamm denn nu neger, un as hei sach, mit wat för 'ne uterwählte Schönheit hei tau dauhn

hadd, slog hei mit de Pitsch mang de Hun'n, dat sei Rauh gewen, un set't sick bi ehr dal un frog: „Wo heitst du, min Kind?“ – „Ick heit Zulla“, säd sei. – „Wo olt büst du?“ frog hei wider. – Na, dat was drist; äwer Junkers sünd allentwegen un tau allen Tiden Junkers; un wohrschinlich wil sei sick von wegen ehr Öller nich tau schämen hadd, säd sei ganz ruhig: „Ick gah in min achtunnägentigst.“ – Dit schinte em tau gefallen, un hei bögte sick en beten neger an ehr 'ran un säd: „Zulla, ick mag di liden.“
Hir stödd em denn nu de Bur noch en beten in dat G'nick, un uns' Junkers hadden't up Stun'ns woll finer infädelt; äwer dat ded in desen Fall gor nich nödig, denn „sie errötete nicht bis unter die Locken“, wil sei kein Locken hadd un ehr Backen ümmer schön rod wiren; „ihr Herz schlug nicht hörbar“, denn sei wüßt gor nich, dat sei en Hart hadd; „sie senkte nicht ihr Köpfchen“, denn sei hadd kein „Köpfchen“, sei hadd en richtigen Kopp; un „ihr Busen wallte nicht empor“, denn hei was – Gott sei Dank – ümmer so in de Reih, dat hei sick tau jede Tid ahn Wallung presentieren kunn. Sei säd also blot: „So? – Na, ick di ok.“ Un dorbi kek sei em so klor in de Ogen, as hadd sei den Preister de Bicht upseggt.
„Kümmst du hir wedder her?“ frog hei. – „Ja, echter Sünndag“, säd sei. – „Na, denn kam ick ok wedder, un dat du't weitst, ick bün Sophat, de Sähn von den Herrn von Rabatt; un nu giww mi minen Hasen“, säd hei.
Äwer dunntaumalen güll noch Recht un Gerechtigkeit in de Welt, un de Käkschen steken ehren Granedier noch nich allerlei in de Tasch, un sei säd also: „De Has' is nich min, de hürt minen Unkel Macholen.“
„Macholen?“ frog hei un fläut't so vör sick hen un hadd sin eigen Gedanken, un sei ok, un so gungen sei mit „Adjüs“ utenanner.
Un as de Junker Sophat so äwer den Barg tau Hus red, säd hei tau sick: „Min Vader is en Klas. – Dor

is hei nu de einzigste un irste Eddelmann in de ganze Welt, un wenn ick sin Geschäft furtsetten sall, denn möt ick 'ne Mesallianz sluten; denn wo sünd hir Eddelfrölens?“ Un Zulla kamm tau Hus un säd tau Macholen: „Vaderbrauder, hir is en Has'.“ – Machol frog ehr denn, wo sei dortau kamen was, un sei vertellte denn ok in alle Unschuld den Hergang von de Sak; äwer dat de Junker sei liden müggt un dat sei sick echter Sünndag wedder henbestellt hadden, dat versweg sei; denn so dumm wiren sei dunnmals ok nich mihr.
Machol äwer röp sin Sähns un sin Knechts vör de Dör herut un säd tau ehr: „Paßt mi up den Junker, hei kümmt uns in den Hawern.“

SÄBENTES KAPITTEL

Un as de Sünndag kamm, gung sei hen un weidte ehr Flaß un set'te sick in den Scheidelgrawen un et ehr Botting, grad' as dat vörrige Mal, un grad' as dat vörrige Mal kamm ok de Junker äwer den Barg un de Has' vör em up, äwer de lep nich so as dat vörrige Mal, denn von de Demziner Burkoppel tau slog hei en Haken dörch Macholen sinen Hawern, un de Junker jog achter em drin, ahn sick wider wat dorbi tau denken. Doch as hei Zulla in den Grawen sitten sach, let hei Hasen Hasen sin un sprung von de Mähr un säd: „Gun Dag, min Döchting.“
Sei antwurtete em äwer nich un weinte still vor sick hen, un as hei sei frog: „Worüm dat?“, säd sei: „Du büst dörch minen Vaderbraudern sinen Hawern jagt.“ – Na, hei tröst'te sei denn un küßte sei, un sei küßte em ok wedder, äwer weinte dorbi wider un säd: „Un de Has', den du jagt hest, was kein natürlich Has', denn ick heww dat seihn, hei lep up drei Beinen, un du sallst seihn: Unglück slöppt nich.“ – Hei lachte denn doräwer, denn hei was as Junker vel upverklärter as sei; äwer ein oll Sprückwurd seggt: Den Vagel, de 's Morgens so tidig singt,

frett des Abends de Katt. Un so kamm dat ok hir. Macholen sin Sähns un Knechts hadden in den Scheidelgrawen legen un hadden seihn, wo de Junker dörch den Hawern jagt wir, un Macholen sin ein Sähn, Kirwa, de sülwst en Og up Zulla smeten hadd, hadd ok seihn, wo sei sick beid küßt hadden, un de Grull begehrte in em up, un hei säd: „Kamt, wi will'n den Bengel dat Ledder vull slahn." – Dat wull'n äwer de annern nich, un de ein säd: „Ne, wi will'n em gripen un will'n em nah Macholen bringen, un de kann jo denn dauhn, wat em gaud dünkt." Un dat deden sei ok un bröchten em vör Macholen un säden: „Hir heww'n wi den Vagel."

Macholen-Vadding kamm nu en beten sihr in Verlegenheit: „Schön!" säd hei un gung in de Stuw' rümmer un kratzt sick den Kopp: „Wat nu?" Tauletzt verföll hei up dat richtigste Middel, wat bet up den hütigen Dag noch in Anwennung is: „Bet up utgemakte Sak will'n wi em inspunnen." – Äwer wo? „In't Sandlock unner de Trepp", säd de ein. – „Unner dat Waschküben", säd Kirwa, un richtig – hei drung dormit dörch, un de Junker würd unner dat Küben stülpt.

So würd Fru Macholen ehr grot Waschküben dat irste Prisong in Meckelnborg; äwer dat hett sick bi uns mit de Johren sihr verbetert, de Rümlichkeiten sünd vel gröter worden, un Däms un Dreibargen hadden woll nich unner dat Waschküben Platz.

Den annern Morgen äwer, as de oll venynsche Kirwa äwer den Junker spektakeln wull un dat Küben in de Höcht böhrte, hadd dor 'ne Uhl seten, un de Vagel was utflagen.

Dit was äwer *so* taugahn. In de Nacht was Zulla up Söcken mit 'ne Blendlatern de Trepp dal kamen un hadd lising an dat Küben kloppt un hadd in dat Spundlock 'rinne flustert: „Büst du noch hir?", un unnen hadd dat „Ja" seggt. Dunn hadd sei dat Küben tau Höchten böhrt, hei was lising 'rute krapen, un – wohrt nicks – hadden sei buten up de Strat in den Manschin stahn, sei mit en Bündel unner'n Arm un hadd rohrt. Dunn hadd hei fragt: „Wat rohrst du?“ – Sie äwer hadd seggt: „Sall ein nich rohren, wenn hei för ümmer dat Hus verlett, worin hei buren un tagen is?“ – Dunn hadd hei fragt: „Wo so?“ – Un sei hadd seggt: „Wenn min Vaderbrauder wiß ward, dat ick di ut dat Küben hulpen heww, ward hei mi slagen, un för Släg' dein ick nich; ick gah in de Welt“, un dormit hadd sei sick ehr Schauh antreckt.

Em wir dat äwerst an dat Hart kamen, un hei hadd seggt: „Kannst du üm minentwillen din allens verlaten, denn kann ick dat üm dinentwillen ok. Min Oll kann wedder frigen, wenn hei sinen Adel furtsetten will, denn hei is irst 756 Johr olt; ick ward ut Leiw wedder Bur.“

Un somit was hei mit ehr in dat Preuß'sche 'rinne gahn un hadd anfungen, den Demminer Kreis tau bevölkern.

Dit is de irste soziale Roman in Meckelnborg, un dat selige Eddelmannsgeriww hett utdrücklich an den Rand dorbi schrewen, hei hadd de Geschicht deswegen so utführlich vertellt, wil sines Wissens alle Romanen in Meckelnborg den sülwigen Verlop hatt hadden, nämlich dat entweder en Eddelmann 'ne Börgerliche frigt hadd oder en Börgerlicher en Eddelfrölen: notabene, denn wir äwer ümmer in den irsten Fall de Börgerliche rik west un in den tweiten Fall dat Frölen arm.

Äwer de Geschicht is nich ut; dat dick En'n kümmt noch in dat

ACHTE KAPITTEL

As Rabatt den ganzen Ümstand tau weiten kreg, ret hei sinen Rock intwei un säd: „Ick truer nich üm minen Sähn; ick truer dorüm, dat hei ut de Ort slagen is. – Äwer Macholen sall der Deuwel halen!“ Un dormit schickte hei 'ne Massiw' mit en riden Baden an dejenigen, de tau sine Partei höllen, un let sei tausam kamen un säd: „Kinnings“, säd hei, „*so* steiht de Sak! Wer weit, ob ick in den Stan'n bün, minen Adel uprecht tau erhollen“, un dorbi kek hei bescheiden sine säbenhunnertsößunföftig [Johr] ollen stümperigen Beinen an, „äwer, Kinnings, wenn ick't nich kann, denn känt ji't. In dese gesegneten Tiden is dat nich swor, glöwt mi dat, ick heww dat tauirst dörchmakt: up Stun'ns hewwt ji blot nödig, vör jugen Nam en lüttes ‚*von*‘ tau schriwen un tru tausamen tau hollen; äwer, glöwt mi, nahsten kümmt dat anners, denn sall jug Nam in dat Register stahn, denn sält ji Ahnen upwisen, un wenn ji dat nich känt, denn möt ji blecken, dat sei jug rezipieren.“ – Na, dat was richtig, un sei segen dat ok in, un sei höllen ok tru tausamen, denn up den Nahmiddag reden sei alltausamen nah Riddermannshagen 'räwer un set'ten Macholen den roden Hahn up dat Dack.

Un den annern Dag ret sick Machol ok den nigen Rock intwei, röp sin Lüd' un Frün'n tausamen un säd: „Kinnings“, säd hei, „noch is dat Tid, noch kän wi uns wehren; äwer paßt up, dat kümmt anners! Dor ward 'ne Tid kamen, wo sei uns unner de Bein pedden, wo wi för ehr arbeiten un slawen möten un wo sei uns leggen, as sei dat all mit den Hingst anfungen hewwen. – Wi möten tausam hollen.“ Un sei höllen ok tausam un föllen in Rabatten sin Fettossenhaud un drewen sei weg, un ein jeder namm sick, sovel em paßte.

Dat was de Fehler! Denn wenn de äwermäudige Eddelmann sick ok scharp un ungerecht räken ded, so dacht hei doch blot an de Rach' un nich an dat Plünnern un höll ok tausamen; de olle slus'uhrige Bur dachte äwer vör allen an dat Nemen un wat hei dorbi riten künn, un wenn hei gewohr würd, dat ein anner mihr kregen hadd as hei, denn kamm de Afgunst äwer em, un dat is de Mutter von de Uneinigkeit.

Tau dese Tid was Mahalaleel Patriarch un was en

gaud Mann, wull ok girn Fred' in'n Lan'n hewwen, un hei röp sinen Sähn Jared tau sick un säd: „Bring' ok din lütt Jüngschen Henoch mit, denn hei is jo all säbentig Johr olt un is en klauk Kind; wi willen Rat hollen, wo wi dit Wesen stüren."
Wil dat sei nu desen Rat höllen, wat Johr un Dag duren ded, wil drei so licht nich äwerein kamen, sengten un brennten de Eddellüd' in'n Lan'n herümme, un de Buren stöhlen fette Ossen, un't würd 'ne Wirtschaft, dat dat einen Stein erbarmen künn. Un as sei nu so'n fiw Johr ut un in Ratslag hollen hadden, säd lütt Henoch eins in 'ne gaude Stun'n: „Großvadding, ick glöw, un Vadding, mi dücht, nu is dat naug. De Landsverglik seggt frilich, wenn sick de Pirdjungs slagen willen, so hett sick keiner dor mang tau steken; äwer dit sünd kein Pirdjungs mihr, dit sünd olle Lüd'; nahgradens, dücht mi, möt ick dit Wesen tau en Landfredenbruch reken."
Un Vadding un Großvadding säden beid' ut einen Mun'n: „Dat Kind hett recht; äwer wat bruk wi dorgegen?"
Dat was nu de Haken! – Sei ratslagten wedder gegen fiw Johr, denn dunntaumalen wüß allens, Arm un Bein un Knaken, vel langsamer as up Stun'ns, also ok de Gedanken, un de Kurhessen-Frag' un de Sleswig-Holstein-Frag' sünd wohre Snellöpers gegen de dunnmaligen Fragen. Äwer tau En'n kümmt allens mit de Tid, un as de fiw Johr üm wiren, säd lütt Henoch, dat klauke Kind: „Großvadding un Vadding! Wi möten en nigen Landdag utschriwen."
Un de beiden Ollen säden: „Dat Kind hett recht!"
Un so würd denn de tweite Landdag utschrewen.
Un as de Dag kamm, kamm allens, wat sick för en Eddelmann utgaww, mit grot Geschrig un Geschrag nah de olle Jabelsche Dörpstäd un stellten sick Mann för Mann; de ollen dämlichen Buren äwer blewen tau Hus un plegten sick mit Biwstück un Pökelrindfleisch von ehre fetten Ossen un säden: „Lat Macholen hengahn, de het't anrührt; uns bringt

dat keinen Vurtel, wi will'n uns de Näs' nich verbrennen.“ Blot weck, de kläuker sin wullen as dat anner Burvolk, gungen hen un stellten sick orswarts achter de Eddellüd', un so drad einer von des' den Mund upded, nickten sei ümmer mit de Köpp un säden tau sick: „Mäglich, dat sei uns gewohr warden un uns in ehr Adelsregister inschriwen laten.“ De Eddellüd' äwer lachten äwer ehre Dämlichkeit un säden tau sick: „Ja, nickt ji man, dat kann uns woll gefallen; äwer ut dat anner ward nicks, denn wi möten ok Schap behollen, de wi scheren känen.“

Up desen Landdag was grote Einigkeit, un ein von de Eddellüd' wis'te nah, dat de ganze Larm von den Hasen un den Hawern herkamen wir, un keiner hadd wat dorwedder; un en anner Eddelmann wis'te dat historische Recht nah, wat de Eddellüd' up de Hasen hadden, un keiner hadd wat dorwedder; un de drüdde makte den Vörslag, dat de Landdag slaten warden süll, un keiner hadd wat dorwedder.

Un de Landdagsafsluß ludete dit Johr:

§ 1. Dat bliwwt all so, as dat west is.
§ 2. Jeder Eddelmann kann in den Buren sinen Hawern jagen.
§ 3. (fehlt).
§ 4. (item) usw.

Un dit is dat irste un öbberste Gesetz, wat in Mekkelnborg gullen hett bet up den hütigen Dag; un't was en bös' Gesetz för dat Land, un lütt Henoch was doran schuld, un doch was lütt Henoch ein klauk Kind!

Denn as hei mit sinen Vadding un Großvadding von den Landdag nah Hus gung, treckt hei sinen Großvadding an de Rockslipp un säd: „Großvadding, dit's en slimm Stück! Du sallst seihn, hirdörch kümmt vel Elend äwer dat Land. Hadd ick wüßt, wat ick nu weit, ick hadd nich tau einen Landdag raden. De

Bestimmung, dat sick de Pirdjungs slagen känen, berauht up 'ne Ort von Gegensidigkeit; äwer dit Hasen- un Hawern-Gesetz is jo eigentlich en Privileg'!"
„Dat is dat", säd Mahalaleel, „äwer, min Sähn, de irste Not möt kihrt waren, as din Großmutter säd, dunn slog sei den Backeltrog entwei un makt dat Sürwater dormit heit. So lang', as wi lewen, höllt sick de Sak noch, wenn't ok en beting knackt."
Un Jared säd, denn hei was 'ne Ort Prophet un hadd mihr Insichten in de taukünftigen Ding' as in de gegenwärtigen: „Après nous le déluge!"

NÄGENTES KAPITTEL

Mahalaleel was dod, un Jared was storwen, un de lütt Henoch was allmählich in sin Vaders Schauh 'rinne wussen, un was hei en klauk Kind west, würd hei en noch kläukeren Mann; äwer wat helpt all de Klaukheit, wenn ein dat Heft ut de Hand gewen hett? – Hei hadd't verspelt; hei hadd dat irste Privileg' vergewen, hei hadd nich mihr mit einerlei, hei hadd nu all mit tweierlei un, wohrt nich lang', mit fiw- un sößerlei Minschen tau dauhn, denn wer irst einen Finger hett, hett bald de ganze Hand un de anner dortau, un so'n richtig Privileg' is as 'ne gaude Tuchtsäg', dat smitt up einen Worp teigen Farken.
De Eddellüd' würden dicknäsiger un äwermäudiger as tau Rabatten sin Tid, un de Buren würden dämlicher as tau Macholen sin. Was süs noch af un an en lütten gaudmäudigen Junker unner de Eddellüd', de üm den Buren sinen Hawern weg red, oder en ollen weikmäudigen Herr, de 'ne smucke Burdirn en Tweigroschenstück tausmet, wenn sei em dat Heck apen makt; was süs noch en ollen trugen Burjung', de nachts nich bi den Eddelmann in de Appel un Beren steg, oder so'n ollen Vader, de dat Eddelfrölen tau Wihnachten en hübschen Korw bröchte, so reden up Stun'ns de Junkers mit lange Pitschen up de Parforce, un wenn sei kein Hasen un

Vöß funnen, denn slogen sei de Buren, un de ollen Herrn meinten, de smucken Burdirns wiren doch gor tau smucke Burdirns, un de ollen trugen Burjungs meinten: „Wat Appel un Beren, sülwern Lepels sünd beter“: un de ollen Vaddings, de säden: „Täuw! Di will'n wi en Schäw riten“, un stickten ehr de Miten an.
As Henoch dit Elend so mit anseihn müßt, würd hei sihr trurig, un eines Dags stunn hei an den Jabelschen See, dunn kamm sin lütt Methusalem 'ranne sprungen un säd: „Vadding, nah Lütten-Varchow 'räwer brennt dat all wedder.“ Dunn namm Henoch sinen lütten Methusalem up den Arm un gaww em en Kuß un säd: „ Grüß din Mutter velmal von mi, denn ick bün de Sak satt.“
Un somit gung hei äwer dat Is – denn dat was Winterstid – nah de Damerow'sche Sid 'räwer un würd nich mihr seihn.
Weck meinen nu, hei is dorbi in 'ne Wak follen, weck meinen, hei is wegen hüslichen Unfredens mit sine Fru fläuten gahn; de Doktor Reinhold meint, hei is gahn un hett Amerika entdecken wullt; äwer dat selige Eddelmannsgeriww seggt utdrücklich in sine Handschrift: „Hei is in't Elend gahn, wil dat hei sick ein Gewissen dorut makt hett, dat dörch sine Schuld tweierlei Minschen up de Ird kamen sünd, ein Ort mit Privileg' – ein Ort ahn Privileg'.“ – Dat seggt de selig Eddelmann, un wenn hei't sülwst seggt, heww ick keinen Grund, dorgegen tau striden.

TEIGENTES KAPITTEL

Dat oll lütt Worm Methusalem satt nu dor as 'ne verlatene Wais' in sinen hunnertföftigsten Jahr, un wenn hei wüßt hadd, wat em in sinen langen Lewen bevör stünn, hei wir't woll as sin Vader verlopen; denn wiren alle Düwel in Land Meckelnborg los, denn kamm nu noch de Luxusdüwel baben in, un dat is den ollen Düwel sin öllste Sähn.
De Herrn Eddellüd' kregen mit en Mal einen hell-

schen finen Hals, un de Husmannskost, de dor süs glatt dörch gahn was, wull nu nich mihr gliden, sei müßten wat Apartiges hewwen; un ehr Frölens un gnedige Frugens kregen mit en Mal 'ne hellsche fine Hut, un dat gewöhnliche Gaschentüg, wat sei sörreher dragen hadden, würd' ehr kratzen un jäken, un dat müßt dunn all Bombassäng sin. De Luxusdüwel röp sinen öllsten Sähn, den Modendüwel, tau Hülp, un dunn gung't los nah 'ne nige Melodi un ümmer wedder nah 'ne nige Melodi! Nu würd in den Lan'n snidert un sneden, weck hadden de Rück glatt un knapp un seten dorin, as seten sei in 'ne Wustslus', weck hadden sei wid un vüllig, rund herüm mit Balanzen beset't, un gungen dorin 'rümmer, as wenn en Äwerbedd spazieren geiht, weck hadden de Kleder hin'n utsneden, un weck hadden sei vör'n utsneden, un weck leten't hin'n lang' hängen, un weck leten't vör'n lang' hängen, un wat sei sick mit Bäwernadeln un Knistergold üm den Kopp tömt hadden un mit Fresen un Pellerinen un Kalwerkrüsels un Hamelrüsch üm den Hals tüdert hadden, was nich för de Warmnis un nich för de Küll.
Jedwerein sunn up wat Nigs; äwer *ein* Frölen was ehr all äwer, denn sei hadd en anslägischen Kopp un was wat ungetacht von Liw', wil dat sei en gauden Apptit hadd un wat vüllig worden was. Dat wull sei denn nu nich för ehren Vull hewwen, un sei namm en En'n oll Sadelgört von ehren Herrn „Vater" un röp ehr Kammerjumfer un säd: „Nimm de Gört un sner mi dat Liw' weg!"
Dat was dat irste Snürliw' in Meckelnborg.
Un as sei nu in ehren Glanz, dünn as en Swekspohn, up den negsten Tee kamm, dunn gung dat mit grot Wunnern los; un den annern Morgen wiren all de Sadelgörten in den ganzen Lan'n intwei sneden, un de Herr von A. bet de Herr von Z. kunnen in acht Dag' nich spazieren riden un legen up den Sofa un schullen up de Frugenslüd', denn sei leden an slichte Verdauung. – Uns' Herrgott äwer schüd-

delte den Kopp äwer all dit Wesen un säd: „Dit geiht nich länger! Ick heww den Minschen tau minen Ebenbild makt un heww dat Frugenszimmer schön makt, dat den Mann sin Ogen mit Wollgefallen dorup rauhn. Ick will nich, dat sei as de Hoppenstangen in den Lan'n rümmer gahn."

Mit den Buren was dat äwer noch vel slimmer, hei was ganz un gor in den Dreck peddt un wurmisierte dorin 'rümmer, as wir hei dorin buren. Wat de Tähnen kort krigen kunnen, dat att hei, un sin irste Grundsatz was: „Man 'run dormit! 't is man en kort En'n, wo't gaud smeckt, nahsten is't all egal." – Dat wusch un kämmt sick nich mihr un hadd kein Scham oder Gram; dat fulenzt herümmer un stöhl as de Rawen.

Un uns' Herrgott schüddelte wedder den Kopp un säd: „Ick heww den Minschen tau minen Ebenbild makt; äwer nich, dat hei lewt as en Farken. Hir mōt en Inseihn gescheihn!"

De lütte Waisenknaw, Methusalem, was mitdewil en steinolt Mann worden, un in sinen nägenhunnertunnägenunsößtigsten Johr in den Artaust Anno ... kamm hei tau starben un let sinen Sähn Lamech un sin Enkelkind Noah kamen un säd tau ehr: „'t is en Unglück för den Minschen, wenn hei in 'ne Tid lewen möt, wo allens verkihrt geiht; ick heww mi nu naug quält, nu seiht ji tau." – Un Lamech frog em: „Vadding, wo wir't mit en nigen Landdag?" – Dunn richt'te sick Vader Methusalem in de Höcht un säd: „Dauh, wat du nich laten kannst! So vel äwer segg ick di, dat Hasen- un Hawern-Gesetz von den vörrigen Landdag is an den ganzen Qualm schuld, un ick ded't nich wedder"; un sackte taurügg un entsäd't sick.

Lamech äwer verget Methusalemmen sin Red', un as hei etzliche hunnert Johr de Sak mit anseihn hadd un mit sick tau Rat gahn was, schrew hei en Landdag ut. Noah äwerst hadd sin Großvaders Red' behollen un schüddelte den Kopp.

Un dit was de schönste Landdag, de meindag' in Meckelnborg hollen is, denn allens, wat dor was, was von den würklichen rezipierten Adel; kein Bur let sick seihn, un sülwst *de*, de süs achterwarts von den Adel stahn hadden, wiren bi Lütten afstunken, un keiner würd 'rinner laten, de keinen roden Rock anhadd.
Un as sei all dor nu so stün'n in ehre Pracht un Herrlichkeit, dunn drängt sick einer mang ehr dörch, un dat was Noah, un hadd itzig un allein 'ne swarte Frack an un stellt sick hen un slog up den Disch, denn hei was en Kirl dornah, un säd: „Ja, kikt mi an! Un wenn't wat warden sall, möt't anners warden! Dat Hasen- un Hawern-Gesetz möt uphaben warden!"
Dunn würd de ganze olle Jabelsche Dörpstäd wild, un allens rep: „Furt mit den Kirl!"
Noah blew äwer ruhig stahn un säd: „Gnad' Gott den'n, de mi anrögt." Un keiner wagt sick an em 'ranne, denn hei was en hellschen forschen Kirl un hadd sinen Husdörenslätel in de Hand un stunn mit den Puckel gegen 'ne Eik.
Un ein ut de Versammlung steg up den Disch un höll 'ne Red': en Unnerscheid mang de enzelnen Stän'n müßte sin, weck müßten Privelegen hewwen un weck nich, dat wir nich allein ehr *historisches*, ne, dat wir ok ehr *göttliches* Recht; un hei för sinen Part reknete dat Hasen- un Hawern-Gesetz ok för en göttliches Recht; ja sogor för sinen Ur- un Anfang.
Un alle stimmten mit em un röpen: „Bravo!", un't würd fast set't, dat sine Red' mit in't Landdagsprotokoll süll upnamen warden; un as Noah en Diktamen äwer de Glikheit von alle Minschen tau Protokoll gewen wull, röpen sei all: „Dor is äwer Johr kein Tid tau, dat kann bliwen bet taum negsten Mal!", un de Landdag würd slaten.
De Landdagsafsluß von dit Johr äwer heit:

§ 1. Allens bliwwt bi'n Ollen.

§ 2. Dat Hasen- un Hawern-Gesetz mit uns' annern dorut erwussenen Privelegen bliwwt ok bi'n Ollen, wil dat wi dorup nich allein en *historisches*, sünnern ok en *göttliches* Recht hewwen.

§ 3. (fehlt).

§ 4. (item) usw.

Un dormit gungen sei nah Hus.

Uns' Herrgott äwer schüddelte stärker mit den Kopp un säd: „Dat mit dat *historische* Recht was all en stark Stück, doch heww ick mi dat noch gefallen laten; äwer wenn ji nu all von't *göttliche* Recht reden, denn heww ick ok en Wurd mit intauspreken."

Un hei gung hen un söchte Noah'n un funn em in de Leppiner Dannen, wo hei 'ne Dann afstämmte, un hei säd tau em: „Noah, min Sähn, du geföllst mi, denn ick bün mit di taufreden. Un arger di nich doräwer, dat sei din Diktamen äwer de Glikheit von alle Minschen nich tau Protokoll namen hewwen, denn ick will di 'n Flag wisen, wo du 't henschriwen kannst, dor ward dat länger stahn as in ehr Landdagsprotokoll: schriw dat in dat Hart von dine Nahkamenschaft, denn ward sick dat verarben up Kind un Kindskinner un wider un ümmer wider, un wenn ok vele dorgegen handeln, din Diktamen ward doch bet an't En'n stahn bliwen in jede ihrliche Minschenbost. – Bi dit Dannenstämmen bliw äwer bi, denn du sallst di einen Kasten bugen, un bet up di un din Hus will ick sei all mit 'ne Sündflaut verdarben."

Un Noah bugte sick einen Kasten up de Jabelsche Dörpstäd un bröchte allens an Burd, wat uns' Herrgott em heiten hadd, un as hei dormit fahrig was, säd hei: „So! Ick bün klor."

Un uns' Herrgott säd in sine Langmaut: „Täuw noch en beten un schriw en nigen Landdag ut, weck künnen sick besunnen hewwen." – Un Noah ded dat, un as sei all tausamen wiren, lachten sei äwer den

Kasten, un as Noah sei frog, ob sei ehr Privelegen upgewen wullen, dunn lachten sei ok äwer Noah'n; un Noah steg in sinen Kasten un set'te sick an dat Stüer un röp sine drei Sähns tau, Sem, Ham un Japhet: „Jung's, paßt up! Allens stramm in den Wind! Dat ward gliksten losgahn."

Un de Sündflaut brok herin, un dat Water kamm von den Hewen un von de Barg un ut de Grün'n, un as de Landstän'n bet an dat Knei in dat Water stun'n, würd ehr bang', un as dat Water ehr bet an den Hals gung, röpen sei: „Wi will'n uns' Privelegen entseggen!" Äwer dat was tau lat, denn Noah hadd naug mit sick sülwen tau dauhn, wil dat sin Kasten flott worden was; un as hei bawen äwer de Leppiner Dannen wegsegeln ded, was ok de letzte vörsündflautliche Landdag slaten, un alle Privelegen wiren versapen.

DAT ELWTE KAPITTEL

Jedwerein weit nu, woans Noah nah so un so vele Dag' up den Ararat tau sitten kamm un dat hei dor 'ne Tidlang luren müßt, ihr allens wedder drög was. As nu tauletzt dat Grawen wedder gung, namm Vader Noah sinen Spaden un gung mit sin drei Jung's ut un söchte sick en gaud Flag tau en Winbarg; un sin lütt Japhet säd: „Vader, worüm sünd wi nich up einen von de meckelnbörgschen hohen Barg, up den Helpter- oder Ruhner-Barg oder up de Slemminer Borg, sitten blewen, denn hadd ick di in de Neg' en schön Flag för Winbarg' nahwisen künnt, so bi Criwitz 'rüm."

Äwer Noah säd: „Min Sähn, dat möt ick di taum puren Unverstand anreken, denn wi schriwen hüt den achtteihnsten Oktober, un wo süll'n wi woll in Meckelnborg all uns' Veih dörch den Winter bringen känen? Hir kann sick dat wat säuken, un dor möt wi dat up den Stall hollen. Un wil du di dat vermeten hest, wat beter tau weiten as din oll Vader, so

sallst du un dine Nahkamen tau Straf de Criwitzer Winbarg anleggen, un ji sält dor ok von drinken.“
As Japhet dat hürte, würd hei sihr trurig; äwer Noah strakte em äwer un säd: „De Straf is woll hart; äwer lat du dat man sin! Dat ward all nich so heit eten, as dat upfüllt ward. Ji känt jug nebenbi ok Franschen-Win von Lübeck un Rostock schicken laten, un wenn de Rapp gellen deiht, is de Chepandy ok für jug wussen.“ Dunn würd Japhet wedder fröhlich un würd so lüftig utseihn, as süll't nu all losgahn, un oll Vader Noah säd tau sick: „Ham is en tückschen Hund, un so'ne Ort möt einer an de Ked' leggen; Sem is en gaud Kind, äwer dor sitt kein Gall un Grats achter, hei kann achter den Aben sitten bliwen un kann en lütten Handel anfangen; äwer min Japhet! – Nu kik mal einer den Jungen an! Nu rangt hei all wedder up de Mähr 'rümmer! – Jung', willst du von de Mähr 'run! Irst lihr wat dauhn, un nahsten kannst du in de Welt 'rümmer jökeln!“
Während de Tid, dat nu Noah un sin Sähns un Swigersähns för frisch Volk up de Ird sorgen ded, stunn Meckelnborg ganz leddig, un en ganzes Amt was för en Botterbrod tau verpachten, wil dat kein Konkurrenz dor was. Äwer nu wis'te sick dat mal herrlich, wat dat heit, wenn unsen Herrgott sin Hand sülwst up Barg un Dal legen hett. Gräun legen de Wischen, un gräun stunnen de Barg, de Blaumen, de bläuhten in ehre Pracht, un ehr Ruch steg taum Hewen, schöner as Abeln sin Opfer; de Eiken un Bäuken, de wölwten sick mit ehre Kron unner den Hewen, un unner ehren Schatten lagg de Ird so still, as wenn einer in deipe Gedanken sitt un dorup sinnt, wat allens hei de Minschen tau gauden dauhn will; un de Sünnenstrahl spelte dörch dat gräune Low, as wenn uns' Herrgott Erbarmen kriggt mit so'ne arme Minschenseel un sin Licht in em fallen lett, dat hei den rechten Weg fin'nt tau sin Vörhewwen; un de Bäken un de Ström, de lepen

tausam un slüngen de weiken Arm in einannner un smüsterten un flusterten unner den gräunen Busch as Leiwslüd' un gungen in Eintracht den Weg dörch dat schöne Lewensland tausamen, as hei ehr vörschrewen was, un flöten still herut in de ewige See, ut de alles Lewen stammt; un Man un Stirn speigelten sick in den glatten See un gungen ehren Fredensgang äwer de Ird un wiren as de Fautspuren von unsen Herrgott, wenn hei sin Sünnenog slaten hett un nachtens äwer den Freden wakt. Äwer dit all äwer steg de Regenbagen up taum Teiken, dat uns' Herrgott Freden makt hadd mit sine Welt. Äwer de Welt makte keinen Freden mit em un keinen mit sick sülwen; un de Brauder süht noch hüt den Bagen an den Hewen stahn un dröggt Haß in den Harten gegen den Brauder, un de Herr süht em un sleiht sinen Knecht, un de König süht em un dröppt sin Volk.

DAT TWÖLWTE KAPITTEL

Bi Noah'n sinen Namen kümmt de selige Stolper Eddelmann up 'ne sonderbore Idee; hei meint, wil dat Noah den Win upbröcht un sick af un an sünndags en lütten Kräsel drunken hett, möt hei em mit den ollen versapenen Heidengott Bacchus äwerein bringen. Dit makt hei so: Hei seggt, „Noah“ hett eigentlich „Noach“ heiten, dorut hadden sei nahsten „Joach“ makt, dorut „Jach“, dorut „Jachos“ un dorut „Bacchus“. Hüren lett sick dat; äwer mi dücht, dat selige Eddelmannsgeriww hadd sin Tid beter anwennen künnt, denn bi so'ne Unnersäukungen ward man unnütz Licht verswält; oder meint de selige Eddelmann villicht, wenn hei sinen Stammbom bet Noah'n 'ruppe nahwisen kann, dat dat för en christlich-germanisches Geriww as ein noch göteren Ruhm gellt, von en plusterbackigen Heidengott aftaustammen?
Ick will von Noah'n nu also ok nicks mihr seggen,

as dat ick em tidlewens för'n sihr braven Mann hollen heww un dat mi dat würklich led deiht, dat hei Anno ... storben is; un sülwst ok denn noch, wenn dat würklich wohr is, dat hei den Win upbröcht hett.

As Noah grawen was, deihlten sik sin drei Sähns in sin Arwschaft, un't gung ok all gaud dormit, bet up den Winkeller. Dor gung denn de Larm tauirst los. Ham, de olle schäw'sche Bengel, hadd sick de besten Johrgäng' bi Sid schafft, un dat Kretur hadd en Tungenledder taum Winpräuwen, as wir't ut olle Brandsahlen makt. „Wat de Düwel klauk is!“ säden Sem un Japhet. „'rut mit de Wust! För den Esel smecken de Disteln am säutsten.“ Un dormit wis'ten sei em den „Grüneberger Ausbruch“ von Anno 60 an, un sei deihlten sick de Johrgäng' von 57 un 34 un 11.

Nu gung dat up Irden lustig tau; jedwerein künn marken, dat Vader Noah'n sin Kellerslätel in de richtigen Hän'n kamen was. Wat stellte dat Volk för Dummheiten an, un wat makte dat för Witzen! Un einmal, as sei Japheten sinen Geburdsdag fiern deden, kemen sei up de duhne Idee, den Babylonischen Torm tau bugen. Na, wat sick so'n Volk enmal in den Kopp set't hett, dat deiht dat ok; sei fungen also an tau bugen, äwer as sei woll so hoch wiren as de Petritorm tau Rostock, dunn verwirrten sick ehre Spraken, denn Sem redte Hebre'sch un Japhet Pladdütsch un Ham Hottentottsch oder so'n Tüg, wat sick binah so anhürte, un kregen sick dat Slahn, un dat En'n von't Lid was, dat sei Torm Torm sin leten un ein jeder sines Wegs gung.

Hir seggt nu de selige Eddelmann, de Sak wir man bildlich tau verstahn, sei hadden an den beseggten Abend en beten stark kneipt un hadden de leddigen Buddeln, so as de Studenten noch hüt dauhn, all upenanner stapelt, un dat wir de Babylonische Torm west, un nahsten hadden sei sick nich mihr recht düdlich maken künnt, wovon de Red' wir;

äwer slagen hadden sei sick nich, denn as dat kort dorvör west wir, wir Japheten sine leiwe Fru ’rinne kamen un hadd dat Licht utpust.
Worüm seggt de Selige dat? – Doch blot üm sine Sippschaft witt tau brennen, dat dat nich heiten sall, weck von sin Vöröllern hadden sick mit so’ne Dämlichkeit befat’t, as de Babylonische Tormbu was. – Äwer wi weiten dat beter. – Hei hadd uns leiwerst seggen süllt, wo Japhet in de negste Tid blewen is; äwer dorvon swiggt hei ganz un gor. Hei seggt frilich: Noah hadd Japheten dat noch up den Dodenbedd anbefahlen, hei süll wedder taurügg nah Mekkelnborg gahn un süll dat verlurne Paradis wedder upsäuken un tauseihn, wat dorut tau maken wir. Künn hei dat wedder in Gang’n bringen – gaud! Künn hei dat nich, denn süll hei en grotes Königreich stiften, so grot, as’t Meckelnborg jichtens hergewen wull, un süll den tauseihn, wo de Has’ lep.
Dat seggt hei; äwer woans Japhet dorhen kamen is, kein Starbenswurd.
Taum groten Glücken helpt uns de sel Perpost David Frank ut Stirnbarg in sin „Olles un niges Meckelnborg“ ut de Not, denn hei seggt utdrücklich, pag. 21:

„Als nun Japhet gewahr wurde, daß je mehr er sich gegen Norden wendete, je länger werde des Sommers Tag, so wurde der begierig, zu erfahren, wo dieses endlich hinaus wollte, und ob er nicht an einen Ort gelangen könnte, wo die Sonne gar nicht mehr unterginge; als von welcher Gegend er sich ohne Zweifel sonderbare Glückseligkeit vorgestellet.“

Also, Japhet treckte mit Ossen un Esel un Pird’ un Kameel den irsten April Anno … gen Nurden un eroberte dat ganze Land, wat nich alltau swor was; äwer de sonderbore Glückseligkeit frür em jeden Winter in, un as hei bet hentau Moskau kamen was un sach, dat de Sak ümmer leger würd,* argert hei sick un läd sick un let sinen Sähn Gomer kamen un sin Enkelkind Askenas un säd: „Ick bün dormit dörch; denn wi sünd in den April schickt worden." (Woher noch hütigen Dags dat Sprückwurd gellt.) „Ick ward min leiw Meckelnborg nich wedder tau seihn krigen, un min taukünftig Königrik un min Anrecht up den Criwitzer Win vermak ick jug. Hollt jug äwer von nu an ümmer bet linksch, denn süs kamt ji ganz ut de Richt."

Un hei sturw tau Moskau Anno...

Gomer un Askenas höllen sick nu ok linksch; äwer't gung langsam, sihr langsam wegen de Furagierung, un as sei nah vele Johren in de Gegend kemen, wo nu de Stadt Thuren liggt, let Gomer sine Sähns üm sick kamen un säd: „Mi sünd beide Beinen verfroren, un wider kann ick nich, un wi will'n hir 'ne Stadt bugen un sall Thuren heiten, wil dat ick en Tur wir, wull ick noch länger nah Meckelnborg herümme säuken." Un säd tau sinen Jüngsten, de heit Tischel un was en geschickten Timmermann, un säd: „Tischel", säd hei, „nimm di Lüd' mit taum Holthaugen un nimm ok din Winkelmat un slagt in den Holt Dannen an, denn ick will 'ne Stadt bugen." Tischel gung denn nu ok, kamm äwer den Abend nich wedder. Un den annern Morgen kamm ein von de Holthaugers un hadd en Por Stäweln unner den Arm un wis'te sei Gomern un frog: „Sünd dit Tischeln sin Stäweln?" – Un Gomer besach sei un säd: „Ja." – „Na, denn", säd de anner, „denn hewwen de Wülw Tischeln upfreten." – „Wo is sin Winkelmat?" frog Gomer. – „Dat hewwen sei mit upfreten", säd de anner.

Dunn würd Gomer sihr trurig un set'te sick in de Asch un ret sick Rock un West intwei un säd: „Dit verdammte Land sall dorvon ‚West-Reißen' heiten un sall nich tau unsern Bund gehüren." Un dorut hewwen sei nah den letzten Krieg „West-Preußen" makt un hürt ok nich tau den Dütschen Bund.

Von Tischeln sinen Dod un sin Winkelmat hett sick

äwer noch in uns' Fabel de Vers erhollen:

„Ein böser Wolf in Polen fraß
Den Tischel samt dem Winkelmaß",

un möten de Schaulkinner em noch hütigen Dags utwennig lihren. Un dorüm holl ick dat för en sihr bedenklich Stück, dat sei ut „Tischel" „Tischler" makt hewwen. Denn de Kinnerfibel is de eigentliche Grund- un Eckstein von uns're hütige Bildung, giwwt den Minschen sine Richtung för dat ganze Lewen, un ward doran rüttelt, denn kann dat passieren, dat allens, wat von Öllers her besteiht, äwer Nacht in einen Dutt tausamen schütt; oder, üm mi mit den schönen Vers ut Valentin Heinzen sin Rekenbauk uttaudrücken:

„Wo an dem Grund ist was versehn,
Da kann es über kurz geschehn,
Daß Kirch' und Staat zugrunde gehn."

Tau Gomern sine verfrorne Bein slog äwer de Kolle Brand, un hei sturw tau Thuren Anno ...

DAT DRÜTTEIGENTE KAPITTEL

Askenas, sin Sähn, tog de Weichsel hendal bet an de Ostsee, un as hei un sin Volk an einen Mandag tauirst de blag See tau seihn kregen, säd hei: „Desen Mandag will'n wi den ‚blagen' näumen. Gott sei Lob un Dank! Endlich doch en Druppen Water" – womit hei de Ostsee meinte –, „un treck sick en jeder sinen Bradenrock an, wi will'n uns hir en beten verlustieren, denn wi hewwen de Katt all an den Start fat't. De sülwige See, de hir flütt, flütt ok bi Meckelnborg, un dorüm danz ick hir un spring ick hir." Un dat deden sei denn all un bugten dor twei Städer, up de ein Sid von de Weichsel „Danz-ick", up de anner „Spring-ick". Danzick liggt hüt un de-

sen Dag noch dor, Springick is äwerst nahsten afbrennt.
Von dor treckten sei in dat blage Länning, Bütow un Lauenborg, so recht von hinnen in Hinnerpommern 'rinne, un as dat Volk tau murren anfüng, säd Askenas: „Lat't dat man sin! Per aspera ad astra. Dat heit up dütsch: Hir möt wi dörch, wenn wi nah de meckelnbörgsche Grenz willen."
Endlich kemen sei äwer Schiewelbein un Stettin un Prenzlau an de Grenz, un Askenas gaw de Order ut, ein jeder süll up sin Staatskameel stiegen, denn sei wullen in de Gegend bi Woldegk räwertriumphieren. – Schad', dat dunn – as de Herr Dokter Reinhold widlüftig nahwis't – Woldegk un de Woldegker noch nich begäng' wiren, denn künnen wi wat von Reden berichten, de de Magistrat hollen hadd, un von Schüttengrill un von acht witt gekledte Jumfern mit Blaumenkräns' in de Hor, denn Woldegk is 'ne lütte gebildte Stadt, oder wi künnen ok vertellen, dat de Jungs mit lütt Stein un Irdklüt nah ehr smeten hadden, denn as weck seggen, is Woldegk 'ne lütte ungebildte Stadt.
Un des Abends kamen sei nah en Flag, bünnen dor ehre Kameele an un slogen dat Lager up, un as dat up de Nacht kamm, hadd Askenas en Drom:
Grad up dat Flag, wo hei sin Kameel anbunnen hadd, stunn ein grotes schönes Gebüd mit en spitzen Torm dorup, so schön, as dat man in 'ne Wihnachtsschachtel tau finnen is, un baben von den Torm herun, dor klüng 'ne Musik, 'ne wunderschöne! Denn't was Sommertid, un de Klock was drei Virtel up teigen. Wildeß de nu noch spelte, gung Askenas in dat Hus herinne un höll sick rechtsch un kamm in 'ne grote Stuw', dor gung en Mann, de Dumen in de West hakt, den Kopp up de Bost, in deipen Gedanken ümmer up un dal, up un dal, un en Jung' stunn dorbi, hadd hinnenwarts en natürliches Herz up de Hosen neiht un kek den Mann ümmer ängstlich nah de Ogen. „En lütt Glas Lang-

kork!“ säd de Mann, un de Jung’ fort tausam, as hadd de Dunner in em slahn, un bröcht en Achtel Rodwin un wen’nt sick an Askenassen un frog: „Witten oder Roden?“ Un Askenassen föll in, wat Noah von Criwitz prophenzeiht hadd, un ut Niglichkeit säd hei also: „Ick bidd mi en Glas Criwitzer ut.“ Dunn kek em de Mann äwer de Schuller mit ungeheure Verachtung an un säd: „Führen wi nich!“ un wull Askenassen in Verlegenheit setten un frog em spöttsch: „Villicht ’ne lütt halw Buddel Schampanger?“ Äwer Askenas let sick dat Hart nich afköpen un säd: „Her dormit!“ Un de Jung’ bröcht de halwe Buddel, un de Mann gung wedder up un dal, up un dal, un as de Jung’ an em vorbi gung, säd hei blot halwlud: „Korl, lat di Geld geben.“ De Jung’ ded dat, un Askenas betahlte un let sick noch ein Glas geben un säd tau den Mann: „Kamen S’ her! Drinken S’ en Glas mit.“ Un de Mann stunn still in deipen Bedenken, un tauletzt säd hei: „Wil’t grad’ mine Tid is, will ick Sei den Gefallen dauhn.“ – Sei drünken nu also, un Askenas säd: „Ick bün hir frömd un müggte girn de Merkwürdigkeiten hir herüm beseihn.“ – „Merkwürdigkeiten“, säd de Mann, „sünd nich min Geschäft; dor möten Sei Willing Knullen nah fragen.“ Un sei drünken noch ’ne halw un noch ’ne halw, un de Dör gung up, un herinne kamm en Mann mit en blagen Rock un en hellblagen Kragen un schöne blanke Knöp un hadd ein schönes rodes, sihr klaukes un uperwecktes Gesicht un säd: „Hüt sünd wi dormit dörch!“ – Un de Mann bi de Buddel säd tau Askenassen: „Dat is Ehr Mann. Dat is Jakob Buntsnider un is ok sihr stark in Merkwürdigkeiten.“ Un’t würd afmakt, dat Jakob den Frömden allens wisen süll.

Sei gungen nu also ’rute, un de Mann in de Stuw’ gung nu wedder up un dal, up un dal. Un as sei buten wiren, kamm ’ne Reih öllerhafte Herrn linksch de Trepp hendal, all in swarte Liwröck un den Kopp swor von Gedanken, un de ein süfzte deip

up un säd: „Dat was en sur Stück Arbeit!“ – Jakob äwer treckte Askenassen an den Rock un säd: „’run mit den Fils! Denn dit sünd de ‚Väter der Stadt‘.“ Un Askenas namm sinen Haut af un frog: „Hewwen sei ümmer en swarten Liwrock an?“ – „Ne“, säd Jakob, „blot wenn Ratsdag is. Wenn äwer Königschuß is un annere grote Festlichkeit, denn gahn sei in ’ne Uniform, un denn süll’n Sei sei blot mal seihn.“
Un achter des’ Reih öllerhafte Herrn kamm wedder ’ne Reih öllerhafte Herrn, de flusterten lising mitenanner un nickten ümmer mit de Köpp, un Jakob säd: „Nu känen S’ den Haut wedder upsetten, denn dit sünd blot de Presentanten.“ – Un Askenas frog: „Reden de ümmer so lising un nicken sei ümmer mit den Kopp?“ – „Ne“, säd Jakob, „blot vörmiddags, wenn Ratssitzung is; des Nahmiddags un ’s Abends, denn reden sei up Fläg’ sihr lud un slahn ok mit de Fust up den Disch.“ – Dat was Askenassen denn sihr tröstlich tau vernemen; äwer merkwürdig kamm em dat nich vör, hei säd also: „Ja, Sei wullen jo …“ – „Ach so!“ säd Jakob, „Merkwürdigkeiten! Täuwen S’, ick wis Sei ein. Hewwen Sei all mal ’ne Buzunft seihn?“ – „Wat vör’n Ding?“ frog Askenas. – „’ne Buzunft“, säd Jakob un kek em prall in de Ogen. – „Dat ick nich wüßt“, säd Askenas. – „Dat glöw ick“, säd Jakob, „dor känen Sei ganz Land Meckelnborg dörchreisen tau Faut un tau Wagen, Sei känen nah Berlin reisen, Sei känen nah Paris reisen – ’ne Buzunft finnen Sei nahrens.“ – „Wat hett denn de up Hän’n?“ frog Askenas. – „Vel!“ säd Jakob, „sihr vel! Eigentlich dat Ganze, nämlich up uns’ städtsche Feldmark. Sei set’t de Meßführertiden fast un wenn seigt warden möt un set’t ok fast, wenn de Rogg riep warden sall.“ – „Dat kann mi gefallen“, säd Askenas, un sei gungen ’rinne un besegen sick de Buzunft. Dor was nu grad’ nich vel antauseihn, äwer desto mihr antauhüren, denn in de Buzunft ehren ollen schönen Pott was ’ne nige Idee follen, un nu wull de Supp

nich klor un nich gor warden. Ein jeder rührte mit en langsteligen Lepel dorin 'rümmer, äwer't wull nicks warden un't süll nicks warden, un sei kregen sick dat Striden, un Askenas frog: „Wat striden sei sick?" – „Ja", säd Jakob, „dat is up Stun'ns en snurrig Stück in unsern meckelnbörgschen Lan'n; so lang' hett dat all sinen ollen scheiwen Gang gahn, äwer wenn sick nu all in unsre ihrwürdige Buzunft nige Ideen verbistern, denn kann sick dat ein jeder an sine fiw Fingern afklawieren, dat slimme Tiden kamen möten." – „Woräwer striden sei sick denn?" frog Askenas wedder. – „Ja", säd Jakob, „sei striden sick, ob de Acker up unsre Feldmark tausam separiert oder utenanner parzelliert warden sall." – „Na", säd Askenas, „denn kamen S' man, denn wo dat kümmt, warden wi woll beid nich mihr erlewen." – „Dat seggen Sei nich", säd Jakob, as sei 'rute gungen. „Mit de Stoppelweid sünd wi in söß Johren doch all prat worden."

Sei besegen sick nu de Stadt, un Jakob wis'te em allens un säd: „Kiken S', dit hir is dat Flag, wo de Stadt mal in spätern Tiden en Schauspillhus bugen laten will; wider äwer is dor nu noch nicks an tau seihn." Un sei gungen vör't Dur, un hei wis'te em dat Flag, wo de nige Kirchhoff anleggt warden sall, un hei säd: „Seihn S', dit is de Acker, den uns' Herr Kirchenkonemus tau den Kirchhoff slahn will; wider äwer is dor nu noch nicks an tau seihn." Un hei gung noch en beten wider mit em un säd: „Un kiken S' hir, hir is dat Flag, wo de nige Bahnhof anleggt warden sall, wenn wi de Iserbahn irst hewwen; wider äwer is dor nu noch nicks an tau seihn." Un as sei dese Merkwürdigkeiten beseihn hadden, was dat mitdewil gegen Abend worden, un Askenas säd: „Weiten S' wat? Mi is nah en Glas Bier tau Maud. Will'n uns ein säuken, äwer in 'ne Gesellschaft, wo einer wat tau seihn un tau hüren kriggt." – „Denn kamen S' man mit", säd Jakob, „denn möt wi in den Klub gahn." Un sei gungen, un as sei de Stufen vör den Hus' 'ruppe stegen, begegnet ehr so'n lütten, unripen, külpigen Kellner, un Jakob frog: „Is woll all sihr vull?" – „Ick denk, dat geiht woll", säd de Kellner, „twei oll Wörm sünd all dor." – „Denn gahn Sei man rinner", säd Jakob tau Askenassen, „ick täuw up Sei hir vör de Dör, ick darw nich mit, denn dit is 'ne slaten Gesellschaft; äwer mit Frömden ward in Gelegenheit seihn."

Askenas gung in de Stuw' un drop dor twei Herrn; de ein las den Norddütschen un de anner de Strelitzer Zeitung, un Askenas namm dat noch äwrige Blatt tau Hand, dat was de Kladderadatsch; un as sei so 'ne Tidlang seten hadden, sach de ein Herr nah sin Klock un säd: „Es kommt wohl keiner mehr." Un de anner frog Askenassen: „Spielen Sie vielleicht 'ne Partie Whist oder L'hombre?" Askenas müßte äwer danken, denn hei hürte tau de Ungebildeten, de kein Korten kennen. Dunn hujahnte de irste Herr den annern an, un de anner hujahnte den irsten an, un beid' hujahnten sei Askenassen an un nemen ehren Haut un gungen ut de Stuw', un de külpige Kellner kamm 'rin un puste de Lichter ut, un Askenas gung ok.

As hei 'rute kamm, vertellte hei Jakobben, wo't em gahn was, un Jakob säd: „Ih, dit is denn doch merkwürdig ..." – „Ja", säd Askenas, „merkwürdig is't, äwer plesierlich nich. Wo gahn wi nu hen?" – „In den Geselligen Verein", säd Jakob, „passen S' up, dor sall Sei dat beter gefallen. Mägen Sei sick girn politisch un literarisch unnerhollen?" – „Sihr", säd Askenas. – „Mägen Sei girn Hekt mit 'ne recht fette Bottersauß?" – „Sihr", säd Askenas. – „Mägen Sei girn danzen?" – „Nich sülwst, äwer ick mag't girn seihn." – „Sünd Sei en Fründ von de Musik?" – „Oja, up Fläg'", säd Askenas. – „Mägen Sei girn deklamieren hüren? " frog Jakob. – „Dat weniger", säd Askenas, „denn dor heww ick mi mal de Näs' an verbrennt, indem dat mi mal 'ne sihr gebildete Fru in aller Fründlichkeit up den rechten Weg wisen müßt.“ – „Na, laten S’ man sin“, säd Jakob, „dat is ok man, dat ick dornah frag’, denn von dat, wovon ick seggt heww, warden Sei woll nicks tau seihn un tau hüren krigen, wil dat de Statuten so wat Besonders man dreimal up’t Johr statewieren. – Äwer seihn S’ hir“, set’t hei hentau un makte de Dör tau en groten Saal up, „hir sitt de Verein, un de Geselligkeit is in vulle Arbeit.“ Un dormit schow hei Askenassen in den Saal herin, hei sülwst äwer blew wedder buten.

As Askenas nu ’run in den Saal kamm, seten drei Herrn in de verstännigen Johren dor un hadden bunte Biller in de Hand un smeten sei ümmer ümschichtig up den Disch un sammelten sei wedder tausamen un deilten sei wedder utenanner, un wenn de ein sick freuen ded, argerten sick de beiden annern, un wenn sick de beiden annern freuten, denn argerte sick de ein. Askenas gung höflich ’ranne un säd: „Gun Abend ok!“ Un de ein Herr kek em – baff – in’t Gesicht un säd: „Ick paß“, un de tweite säd: „Ick spel“, un de drüdde säd: „Tonki.“ – Ut dese Antwurten künn Askenas sick nu nich recht vernemen, hei düd’te sick dat äwer so ut, dat „Tonki“ mäglicherwis’ up französch oder engelsch „schön Dank“ heiten ded, un hei set’te also dat Gespräk wider furt un säd tau den tweiten Herrn, de em as de Öbberst schienen ded: „Schön Weder hüt abend buten.“ – „Solo!“ antwurte em dei.

Un dunn smeten sei de bunten Biller wedder up den Disch, un de beiden annern fungen recht spöttschen an tau lachen un repen: „Kodillg!“, un dunn fungen sei an up en witten Bagen Poppier mit de Blifedder tau schriwen, un dorbi kregen sei sick dat Striden, un de Herr, achter den sinen Staul Askenas stunn, würd ümmer verdreitlicher un kräkelte ümmer düller, un as hei an de annern beiden sinen Arger nich utlaten künn, wendte hei sick nah Askenassen üm un säd: „Herr, was stehn Sie hier? Was kucken Sie mir in die Karten?“ – „Ih“, säd Askenas,

„doch man so.“ – Dunn säd de Herr, hei süll sick wegscheren, hei bröcht em Unglück. – „Worüm dat nich“, säd Askenas, „äwer Sei hadden mi dat höflicher seggen künnt.“ Dunn smet de Herr en Blick up em as ’ne olle Jumfer, wenn sei an ehr Ihr kränkt ward; Askenas äwer kümmerte sick nich vel dorüm un gung in de Stuw’ up un dal un fung an den Ollen Dessauer so mang de Tähnen tau brummen: „So leben wir, so leben wir, so leben wir alle Tage!“ Dunn smeten de drei Herrn ehre bunten Biller up den Disch un sprüngen up un repen, taum lud Reden un taum Singen wir de Gesellige Verein nich inricht, denn denn künnen sei ehre Gedanken nich tausamenhollen. Wer *dat* wull, künn nah Hahnen oder nah de gollen Kugel gahn. – „Kann ick jo denn ok dauhn“, säd Askenas un gung ut de Dör.*

Un as Japhet in de Gegend von Stettin kamm, dunn wis’te hei sin Volk in de Firn en hogen, hogen Barg un säd: „Seiht ji dat woll? Dat is de Helpter-Barg, un dor fängt uns’ Gelobtes Land an.“ Un’t kamm en grotes Freuen äwer dat Volk, un sei reden nu ümmer grad’ ut up den Barg los, un as sei an den Barg ’ranne kemen, dunn säd Japhet: „So, nu wasch un kämm sick ein jeder un dauh sick Rendlichkeit an, dat ji hir nich as de Swinegels ankamt, un treckt jug sünndagschnahmiddagsch Tüg an, un denn kamt ’ruppe nah den Barg, ick will jug dat Land wisen.“

Na, dat geschach. Hei sülwen ded ok sin Ding’ un set’te sick up sinen ollen Schimmel, de mitdewil ok all stiw worden was, indem dat hei ok all tau vel tau Faut hadd gahn müßt. Dat was noch de sülwige Schimmel, up den hei von den Babylonischen Torm weg reden was un de noch hütigen Dags tau Berlin in dat Treppenhus tau seihn is, dat heit in sinen jungen Johren. Un dor satt hei baben up; äwer dat Tigerfell hadd hei nich an, dat hadd hei bi Sid leggt un hadd sick dorför wegen de Warmnis

tau Moskau en rechten warmen Kalmuck-Mantäng anschafft, denn hei was mitdewil ok all in de Johren kamen un kreg't männigmal ok all in de Mag'.
Un as sei nu baben wiren, langte hei sick ut sine Manteltasch sinen Zepter 'rute un wis'te nah Fredland un Woldegk hentau, äwer Nigen-Bramborg weg, un höll 'ne Red' un säd: „Seiht, Kinnings, dit is nu all uns' bet nah Hamborg 'ruppe; dit is dat Gelobte Land Meckelnborg, wat uns min sel Vader Noah vermakt hett un wo wi glücklich in wahnen sälen, un dat Rümmerbummeln hett nu en En'n. Un ick bün von Herrgotts wegen as Herr doräwer set't un nem von dese Stun'n den Titel ‚Dörchläuchten' an, dat mark sick ein jeder Schapskopp, de mit de Titulaturen noch nich Bescheid weit. Un nu – in Gott's Namen – gah ein jeder in't Geschirr un nem sick dorvon so vel, as hei mit de Tähnen dorvon riten kann." – „Herr", säd ein olt bedächtig Mann, „will'n dor leiwer üm kaweln, dat doch allens mit Rechten taugeiht." – „Ei wat kaweln!" rep Japhet, „dat höllt man up."
Dunn rönnt denn allens utenein, un't würd en grot Stöten un Schuppsen un en Gripen un Grapsen un Riten un Rapsen. „Dunnerwetter!" rep Japhet, „dit geiht jo all min Dag' nich!" un gaww sinen ollen Schimmel de Spuren un jagte midden mang sei un rep: „Plagt jug der Deuwel? Ji vergript jug jo woll am En'n noch an min Domanium. – Ne, so fett fidelt Lux nich, *wat* will ick denn doch ok noch dorvon behollen. Der Deuwel sall den kranzhestern, de mi an dat Minige fött."
Na, dor würd denn nu ok up hollen, un Japhet treckte mit sine Hofstaaten, de allein tru bi em blewen wiren, wider un triumphierte dörch dat Land bet up den Judenbarg bi Stirnbarg un säd: „So, von hir ut kann ick dat Ganze äwerseihn, denn dit ward so tämlich de Midd sin, un hier will ick mi 'ne Paleh bugen." – Un dat ded hei.
Äwer in den Lan'n was dat en groten Spektakel un

Spermang, denn Utverschamt let grüßen, un weck Raffkaters hadden sick en groten Hümpel Land tausamen aust't, un weck hadden man en lütten Finzel dorvon afkregen, un de meisten hadden gor nicks. Na, des' makten denn nu en groten Larm un säden, dat wir nich mit Rechten taugahn un dat Ganze müßt vermeten un indeilt un denn müßt kawelt warden. Äwer ein von mine braven Vöröllern, wat en sihr gauden Mann un för Rauh in'n Lan'n was un ok taum Gauden red'te, de säd: „Kinnings, makt doch nich so'n Larm in unsen Gelobten Lan'n! Wat denkt Dörchläuchten Japhet dorvon?" – „Ja", tred dunn Krischan Schult vör em up – denn de Schulten-Fomili is woll ebenso olt all as min eigen –, „dat glöw ick sacht. Ji Slukraben känt dat woll dat Gelobte Land näumen, denn ji sit't schön in't Fett. Un gegen Dörchläuchten Japheten segg ick ok gor nicks; äwer wat heww *ick* dorvon hatt, dat ick mi up de lange Tur hinnenwarts dörchreden heww? – Nich so vel as dat Witt von en Gaus'kätel." – Denn de Schulten-Fomili was dunntaumalen noch sihr ungebild't. – „Ne", repen sei alltausamen, „wi gahn nah Dörchläuchten, de möt uns Recht verschaffen." Un dat deden sei un rückten den gnedigsten Herrn eins Morrns hentau achten vör dat Paleh un makten dor en unanstännigen Larm. – „Wat is dor buten los?" frog Dörchläuchten sinen Kammerherrn. – „Oh, Herr", säd de, „dat sünd blot de *annern*." – „Na, wat will'n sei denn?" – „Je, sei seggen, sei willen ok wat hewwen, sei hewwen nicks kregen; un sei känen doch nicks krigen, dat liggt doch up de Hand." – „Weit der Deuwel", säd uns' gnedigst Herr, „nich de Rauh günnen sei einen!" un treckt sick Rock un Büx an un set't sick de Kron up un tred 'rute up sinen Balkan un frog, wat sei wullen. – Dunn tred de idige olle Mann vör, de up den Helpter-Barg all red't hadd, un säd: „Heww ick dat nich seggt, Dörchläuchten, so würd't kamen? Worüm hewwen wi nich kawelt?" – Na, dat müßt denn jo nu Dörchläuchten hellschen argern, dat em jeder Hans Quast so ut den stiwen Gelenk in sinen Kram 'rinner fuschte, hei säd also: „Hei höllt sin Mul, bet Hei fragt ward; wat ick segg, dat gellt. Heww ick seggt, dat Land sall in de Griwwelgrawwel smeten warden, denn ward dat in de Griwwelgrawwel smeten, un wat ick segg, dat segg ick, un worüm hewwt ji nich taulangt?“ – „Herr“, säd de oll Mann, „dat is jo ok man, dat ick dorvon red“, un gung af. – Nu wendte sick uns' gnedigst Landsherr Japhet an einen annern un frog em, worüm dat hei nich taulangt hadd. – Dat was oll Bur Möller – denn de Möllers-Ort is ok all sihr olt –, un hei säd: „Ja, gnedigste Herr, ick hadd jo wat, dor hewwen sei mi äwer mit Gewalt wedder 'rute schuppst.“ – „Na, un du?“ frog Japhet der Erste wider. – „Ja“, säd de Bäudner Meier, „gnedigste Herr Landroß“ – denn hei wüßt in den Ogenblick för sinen Landsherrn ok keinen högern Titel tau finnen –, „mi makten s' irst duhn, un nahsten stödden s' mi in en Grawen.“ – „Na, un du?“ frog de Herr wider. – „Je, Dörchläuchten, ick hadd mi in't Klosteramt Dobbertin en schönen Loppen Land tausam rapt, äwer mit enmal kamm en Sluchter Eddelfrölens, un de set'ten sick – baff! – dorhen, un nu krig s' der Deuwel mal wedder 'rute!“ – „Ja, Vadder“, rep ein, „mi is't in't Malchowsch jüst so gahn.“ – „Ja“, repen s' nu alltausamen, „un anners möt't warden!“ – „Ruhig!“ säd Dörchläuchten un rückte sick en beten an de Kron, un as allens nu still was, redte hei un säd: „Nu paßt up, Lüd'! Nu will 'ck jug mal wat seggen: Ick ward mal mit de reden, de wat kregen hewwen, wat sei jug nich taum wenigsten Hüsung gewen willen.“ – Dunn tred de oll Mann wedder vör un säd: „Dörchläuchten, dat is man, dat ick dorvon red, äwer dat litt jo de Ridderschaft nich. 't hadd kawelt warden müßt.“ – Natürlich kunn Dörchläuchten up so'n dummen Snack nich länger hüren, hei wendte sick also an de, de wat kregen hadden un von de en ganzen Hümpel en beten taum Taukiken mitkamen wiren, un säd tau ehr: „Liebe Getreue, liebe Andächtige sowie auch liebe Besondere, mein landesväterliches Herz treibt mich, es euch an euer Herz zu legen, ob ihr nicht diesem erbarmungswürdigen Haufen Plebs – auch vulgus genannt – eine Heimat in eurem ritterschaftlichen Anteile vergönnen wollet, natürlich sub praeclusione usw. usw. aller weitern Rechte.“ – „Wi warden uns schön bedanken“, säd de ein. – „In’t Ridderschaftlich kümmt keiner ’rinne“, säd de anner. – „Wat einer hett, dat hett hei“, säd de drüdde. – „Wat einmal seggt is, is seggt, hett Dörchläuchten sülwst seggt“, säd de virte. Un de föwte frog ganz spitz, worüm denn Dörchläuchten de Ban’n nich in sin Domanium upnemen wull. – „Dat kann ick nich“, säd Dörchläuchten, „un dat verstaht ji nich!“ un dreihte sick üm un kratzte sick in den Kopp un schüll: „Dit is denn doch en verfluchtes Stück!“

Äwer hei was en hellen Kopp, un’t Regieren gung em von de Hand as jenne Dirn dat Flaßspinnen, un as hei sick en beten bedacht hadd, säd hei tau de *annern*: „Kinnings, nu will ’ck jug wat seggen: Bugt jug ’ne lütte Stadt. – Dat Land dortau will ick jug gewen, ok fri Buholt ut’t Fürstlich; Klutenstriken känt ji, dat hewwt ji bi den Babylonschen Torm lihrt, un denn fehlt jug tau ’ne ordentliche Stadt nicks wider noch as en Burmeister un en Slüter, un de beiden gew ick jug ok; äwer dat segg ick jug ok: Kunterbutschon möt ji betahlen.“ – „Ja, Dörchläuchten, dat will’n wi ok.“ – „Na, denn gaht nu still un ruhig nah Hus un besupt jug nich un makt keinen Larm up de Strat.“ – „Hurah!“ repen sei nu alltausamen, „uns’ Dörchläuchten, Japhet der Erste, sall leben! Hurah hoch!“ – Un so gungen sei denn lustig an de Arbeit un bugten sick hir un dor ’ne lütte Stadt, un Japhet gung in sine Wahnstuw’ tau sine leiwe Fru un säd: „ Gott Lob un Dank! De Larm wir tau En’n.“

Hei was woll en klauk Mann, äwer ditmal hadd hei doch nich recht: de Larm gung von vören wedder los. As de Stemhäger segen, dat Malchin dat Hainholt un so un so velen Acker mihr kregen hadd as sei, säden sei: „Wat? – Sünd wi slichter?“ – Un de Swaanschen keken nah Rostock ’räwer un säden: „Wo? – Wi hewwen blot dat Lin’nbrauk, un de hewwen de ganze Rostocker Heid?“ – Un de Lübser gungen bet achter Lutheran un säden unner ’nanner: „Nu denkt jug blot mal, hir fängt dat Parchensch all an, un up jennsid geiht’t bet Spurnz, un denn hewwen sei noch all de Stadtgäuder un den ganzen Sünnenbarg dortau. – Wo kümmt Parchen dortau?“ Un unner de enzelnen Städ’ würd dat en groten Strid, un sei slogen sick an de Scheidelgrawens, dat de Hun’n dat Blaud licken künnen, un vertürnten sick so dägern unnerenanner, dat sei sick nich mihr as Frün’n estimierten, un wenn en Stemhäger nah Malchin kamm, denn kregen sei em dor bi de Uhren un leddten em äwer de Scheid un gewen em en Tritt vör den Allerwertsten un säden: „Bliwt ji för jug, wi bliwen för uns.“ Un wenn ein von de Swaanschen nah Rostock ’rinner trecken wull, denn heit dat: „Wat? – Hest du hir wat verluren? – Brauder, mak, dat du äwer de Grenz kümmst, un säuk di dor en anner Flag!“ – Un de Parchenschen säden tau de Lübser: „Ji Snurrerwohr, wat willt ji hir? Willt ji uns den Drank dünn maken? – Marsch mit jug! Ein jeder bliw för sick.“
Un as ick seggt heww: de Larm gung wedder los, un de Lütten rottierten sick tausam un säden: „So geiht de Sak nich. Recht möt Recht bliwen. – Sünd de beter as wi? – Kamt, will’n all nah Dörchläuchten gahn, will’n mit den Mann mal reden!“ – Un sei deden’t, un vör Dörchläuchten sinen Paleh was wedder en groten Spektakel, un de Kammerherr säd: „Herr, ’t sünd wedder de *annern*.“ – „Dat weit de leiw Gott“, säd Dörchläuchten, „wat will’n sei denn?“ – „Dat weiten sei jo woll sülwst nich; ’t is

wohres Pack. – Wo schön ruhig sitt de Ridderschaft dor, un des' maken nicks as Undäg'. – Dörchläuchten, de künnen wi woll in Ungnaden bescheiden." – „Dat's *min* Sak", säd Dörchläuchten un gung herute: „Na, wat will'n ji denn?" – Nu gung denn Gotts Wurd äwerall, un sei redten un schüllen: un sei wiren ebenso gaud as jeder anner, un worüm sei en Stück Land kregen hadden, taum Leben tauwenig un taum Dodhungern tau vel, un dat de groten Städer dat nich liden wullen, dat sei dorinner trecken deden. – „Ruhig!" rep Dörchläuchten. „Nu hürt mal, ick will mal as Vader mit jug reden. – Brukt en groten Kirl nich mihr Laken taum Rock as en lütten Kirl? – Is Rostock nich 'ne grote Stadt un 'ne Seestadt, un brukt de nich mihr Land as Swaan? – Nu red' mal einer!" – „Ja, Herr", säd de ein, „von Rostock will'n wi denn nu ok nicks seggen, äwer wo kümmt Parchen dortau?" – „Ja", säd de anner, „wo kümmt Parchen tau dat grote Feld?" – „Ja, wo kümmt Parchen tau de velen Stadtgäuder?" säd de drüdde. – „Wo kümmt Parchen tau den Sünnenbarg?" rep de virte. – „Wo kümmt Parchen dortau?" repen s' alltausamen. – „Dummen Snack!" säd Dörchläuchten, „wat gellt mi Parchen an? Dorüm ward ick mi vel kümmern. Wat einer hett, dat hett hei." – Dunn tred de oll Mann von den Helpter-Barg wedder vör un säd: „Dörchläuchten, dat is man, dat ick dorvon red; äwer seihn S', ick hür tau de Rehnschen, un wi hewwen so vel as en Quark kregen, worüm sälen wi nu nich von ein Stadt in de anner trecken? – Ick segg, dat Stadtland hadd utkawelt warden müßt." – „Musche Nüdling", rep Japhet der Erste, „Em ward ick dorachter bald dat Mul stoppen mit sin Kaweln un sine dämlichen Fragen. Dat is jo 'ne entfahmte Manier!", un hei rückte sick hellschen argerlich an de Kron un säd: „*Wir* sünd Herr! – Wat gellt Uns de Treckeri von ein Stadt in de anner an? – Dortau heww ick jug de Burmeisters set't, gliksam as Unnerfürsten von mi un as Fürsten äwer jug; *de* möt ji dornah fragen. – Damit ihr aber seht, daß Wir euch in Gnaden gewogen bleiben, woll'n Wir euch das Vorrecht schenken, daß ihr allen Branntwin, den ihr aussauft, euch selbst brennen könnt, und wollen euch in Gnaden den Titel ‚Unsere getreue Landschaft' verleihen." – „Hurah!" repen sei. – „Vadder, denk di mal: Bramwin un Titel! – Japhet der Erste, hurah hoch!! Äwer nu kamt, nu will'n wi uns' Burmeisters tau Kled!"

Un somit gungen sei denn af un kregen ehre Herrn Burmeisters in de Knip, de süllen nu up den Sturz wedder grad' maken, wat krumm worden was, un wat kunnen *de* dorför? – Sei kumpelmentierten also irst mit dat Volk 'rümmer, äwer as sei tauletzt ehren Liw' keinen Rat mihr wüßten, dunn schrewen sei en Burmeister-Konvent nah Parchen ut, Anno…, den 5. Mai, un is dit de irste Brandkonvent west, de äwerall in Meckelnborg hollen is.

Un as sei nu mit de Hauptsak, mit den Brandschaden un mit dat Middageten, fahrig wiren un den irsten utenanner dividiert un dat anner mit sick tausam addiert hadden, dunn frog de Burmeister von de Vörderstadt Güstrow: „Herrn Kollegen, wo wird's denn aber nu? – Mit dem Zuzug von einer Stadt zur andern, mein ich." – Dunn tred de Burmeister von de Vörderstadt Parchen up un säd: „Mi dücht, von de Treckeri hadden wi nahgradens naug: wi sünd von den Babylonschen Torm nah de Muschwiters treckt un von de nah de Polacken un von de dörch den ganzen Hinnerpommern bet up den Helpter-Barg, un von dor dörch dat eigene Vaderland as de Zigeuners, dat wi en Flag fünnen for uns, un nu, dor wi ein hewwen, känen wi uns de Rauh ok woll günnen." – Dunn tred de Burmeister von Stemhagen up, wat tau dunnmalen en hellsch mulwähligen Kirl was, un säd: „Dat glöw ick sacht!" – Un de Burmeister von Grabow, de süs dat Mul nich upkrigen kunn, de kreg't as mit 'ne Diareh in't Reden un

höll ’ne Red’ von annerthalben Stun’n; un sei höllen dit all för en slimmes Teiken, indem dat sei glöwten, de Sprakverwirrung von den Babylonschen Torm wir wedder äwer sei kamen, un sei repen all: „Kinnings, will’n en En’n maken!“ Un de Burmeister von de Vörderstadt Parchen säd: „Dat is ok dat Best, und wir stehen dabei durchaus auf staatsgrundgesetzlichem Boden, denn das erste Staatsgrundgesetz in Mecklenburg, welches Dörchläuchten auf dem Helpter-Berge ausgegeben hat, lautet folgendermaßen: ‚Nimm, wat du krigen kannst‘, und das zweite, welches er auf seinen Balkan auf dem Judenberge öffentlich für die Ritterschaft promulgiert hat, lautet: ‚Wat einer hett, dat hett ’e‘. Da wir nun aber ebensogut wie die Ritterschaft seine getreuen Untertanen und alle Mecklenburger vor dem Gesetz gleich sind, so steht uns ebenfalls das Recht der Ausschließung, Absperrung und Aufnahmeverweigerung zu, und da wir nun schon von Ritterschaft und Domanium ausgeschlossen sind, so wollen wir wenigstens unser gutes Recht gegen uns selbst ausüben und uns untereinander absperren; denn dat is en slichten Kirl, de sin Recht nich utäuwt. Will’n ji dat?“ – „Ja!“ repen sei all. „Ja, woll! Äwer wat seggen wi unsere Inwahners man wegen de Fritägigkeit?“ – „Dor mak wi ehr blagen Dunst vör“, säd de Parchensch Burmeister, „staats de Fritägigkeit geben wi ehr Ratsherrn, un mit den Tusch känen sei sihr taufreden sin.“ – „Dat geiht, dat geiht, der Deuwel hal!“ säden sei un gungen vergnäugt utenanner.
As sei nu nah Hus kamen wiren, leten sei ehr Volk tausam kamen un säden: „Kinnings, wi hewwen jug ’ne frohe Nahricht tau bringen: unsere Brandangelegenheiten sünd glücklich besorgt, unsere städtsche Brandkass’ smitt sick hellschen up, un dormit dat so bliwen deiht, hewwen wi en sihr vörsichtig Gesetz gewen: ‚Ein jeder städtsche Husbesitter kann man alle söß Johr an den …tüschen Klock

elben un Klock twölwen ut de städtsche Brandkass' uttreden.'" – „Doch woll 's Nachtens?" frogen weck wißnäs'te Gesellen. – „Ne, 's Middags." – „Je, 's Nachtens wir doch äwer woll beter", säden de dummen Kirls, „denn verslep doch männigein de Tid. – „Wat?" repen de Burmeisters, „ji wardt jo woll unbescheiden! Meint ji, dat wi nödig hewwen, ok noch 's Nachtens för de Stadt tau sorgen? Mi dücht, wi hewwen den Dag äwer Plag' naug." – „Ja, äwer mit de Fritägigkeit von ein Stadt in de anner", repen nu weck ganz drist. – „Dor reden wi nahsten von, för hüt hewwen wi jug wat Schöns taum Heilchristabend mitbröcht" (denn't was de 23. Dezember...); „un dat ji doch ok jugen Spaß doran hewwt, hewwen wi jug dat in en schönes Rätsel inkled't:

Ich bin ein Herr von mir
Und sitz in mir,
Um mein verlegen
Und mein zu pflegen.

Nu gaht nah Hus un klüstert jug dat ut, un wenn ji weit't, wat dat is, wat wi jug staats de Fritägigkeit schenkt hewwen, denn kamt hir all wedder tausamen, denn reden wi doräwer."
Un sei gungen nu nah Hus un röden un röden, dat ehr de Kopp rokte, äwer sei kunnen't nich dwingen. Blot in Krischan Schulten sinen Hus' würd't mit enmal hell, denn sin Tanten hadd sick mit de Sak bemengt, un de säd: „Krischan, 't sünd Ratsherrn." – „Wiß un wohrhaftig", rep Krischan Schult, „'t sünd ok Ratsherrn." – Un as sei nu all wedder tausamen wiren, tred hei vör un säd: „Herr Burmeister, ick weit't, 't sünd Ratsherrn." – „Richtig!" säd de Burmeister. „Na, un freu ji jug nich?" – „Ih ja", säden sei, „äwer de Fritägigkeit, Herr Burmeister ..." – „Mi dücht", säd de Burmeister, „ji künnt woll mit dit Present taufreden sin." – „Dat sünd wi ok, Herr Burmeister, nemen S' nich äwel – äwer wat för 'ne

Ort möt wi denn nu eigentlich wählen tau Ratsherrn?“ – „Tau Ratsherrn“, säd de Burmeister, „passen sick am besten so’ne Lüd’, de Rat weiten un allerlei plesierliche Infäll hewwen. *Mine* Fründschaft dörw ji eigentlich *nich* wählen; wenn ji sei äwer wählen willt, denn wählt sei, wi krigen woll ’ne Dispensatschon. Süs wählt ut jug Fründschaft, de kenn’ ji am besten.“ – „Dat is ok dat Best“, säd de ein, „ick wähl minen Vedder, den riken Bäcker an den Mark.“ – „Un ick wähl minen Unkel, den dickköppigen Kopmann in de lang’ Strat“, säd de anner. – „Un ick wähl min Tanten“, säd Krischan Schult, „de is de Kläukst, sei hett dat Rätsel raden“, un wullt ut de Dör ’rute. – „Holt!“ rep de Burmeister, „dat is jo’n Snack as en Bein dick! Meint ji, dat wi ok noch Frugenslüd’ tau Ratsherrn hewwen willen? Meint ji, dat wi uns dat beten Rum up den Rathus’ noch mit Kreolinen beengen laten sälen? Meint ji, dat wi uns bi uns’ swor Geschäft noch von jeder oll Zanzel de Uhren vullzaustern laten sälen?“ – „Herr Burmeister, nemen S’ nich äwel“, säd Krischan Schult, „äwer ick dacht, min Tanten ...“ – „Ei wat“, rep de Burmeister, „Sin Tanten! Mark Hei sick ein för allemal, irstes Gesetz in städtschen Angelegen[heiten] is: ‚Oll Wiwer dörwen nich tau Ratsherrn wählt warden.‘ – Un nu gaht hen un wählt; äwer wählt glik leiwerst vir, dat ick mi twei dormang utsäuken kann.“
Un sei gungen hen wählen un kemen wedder taurügg, un Krischan Schult un Jochen Möller un Langhans un Dummerich wiren’t worden: „So, Herr, des’ vir, achten wi nu so!“ – Un de Herr Burmeister läd sick de Lorjett an de Ogen un munstert sei un säd: „Kinnings, Jochen Möller het’t in’t Mul as de Katteiker in’n Start, un de Schulten-Ort is ’ne driftige Ort, de ein würd mi am En’n noch en Lock in den Kopp snacken, un de anner würd mi kein Rauh laten, so würd hei mi tau driwen. Ne, en richtigen Ratsherr möt mit den Lehnstaul tausam stimmen, up den hei in den Rat sitt, beid’ möten bequem sin.

Ick wähl Langhausen un Dummrichen." Un so würd denn up den Rathussaal de Ratsherrensmaus hollen, Anno ... den 3. Februori, un dat dunnmalige Abendblatt wüßt nich naug dorvon tau vertellen, wo schön dat – Gott sei Dank! – de beiden nigen Herrn Ratsherrn smeckt hadd.

Nu was denn allens so schön in de Reih, de dumme Minschheit hadd nu Ratsherrn, un wat wull sei noch wider? – Äwer de Gierigkeit un de Raffigkeit un de Rachsüchtigkeit sitten in dat minschliche Hart as en Wepeldurn mit sine Durntacken un dragen denn ok Frücht dornah, nemlich Hahnbutten, buten schön rod, äwer inwendig vull Lüs'. As sick de Städer nu allmählich so schön mit Hüser utbugen deden as dat städtsche Wesen mit Inrichtungen un Gesetzen, würd dat wedder en groten Larm, denn de weck hadden ganze Hüser an den Mark kregen un de weck man halwe in de Durstraten un weck man virtel Hüser in de Achterstraten, un de meisten hadden gor kein.

Dese letzteren wullen dat nu nich för ehren Vull hewwen un gungen wedder ehre Burmeisters tau Kled: sei wullen ok Hüser un wullen ok wat von de Feldmark hewwen, indem dat sei ok in'n Drögen sitten un Tüftenland hewwen wullen. De Burmeisters set'ten ehr dat äwer sihr schön un düdlich utenanner, dat sei nicks krigen künnen, indem dat sei keine *Börgers* un man blote Inliggers wiren, un dat nu kein Plätz in de Stadt mihr vörhanden wiren, wo sei sick Hüser bugen künnen. Äwer dat Volk gaww sick nich: denn wullen sei en Strämel Land vör den Dur hewwen un wullen sick dor upbugen, repen sei. – „Dor seih wi nu jugen puren Unverstand", säden de Burmeisters – de Ratsherren säden nicks –, „wo känt ji glöwen, dat Dörchläuchten Japhet der Erste dat liden ward, dat ji em buten de Stadt üm sine Slacht- un Mahlstüer bemogelt? Meint ji, hei hett de Durschriwers blot taum Staat an't Dur 'ranne set't?" – Äwer so'n Volk is unbegriplich; dat wullen sei mal seihn, repen sei, un Krischan Schult, de ok kein Hus kregen hadd, säd, hei würd mal mit Japhet den Ersten *sülwst* reden, wat em dat woll gefallen würd, bi so'n Weder – 't was in den November Anno … – mit Fru un Kinner up de Strat tau liggen.

Am düllsten äwer gung't tau Parchen tau, dor rottierte sick dat Volk tausam un säd, nu künnen de Herrn Börgers sick ehren Meß sülwst upslahn un ehr Holt sülwst hauen, sei rögten nich Hand un Faut mihr. Un so treckten sei denn eines Mandags morgens mit Fru un Kinner in de hildste Döschertid ut de Stadt nah den Sünnenbarg, de dunntaumalen ok de Heilige Barg näumt würd, indem dat dor dunntaumalen en ollen ihrwürdigen Heidengötz „Parchum" verihrt würd', den min sel Ur-Ur-Ur-Öllervader noch sihr gaud kennt hett un mit den wi von wegen Parchummen sine Swesterdochter noch widlüftig verwandt sünd. – Dat was de irste Utwanderung up den Heiligen Barg. – Ick weit dat recht gaud, dat de ollen Römers dat nahsten von sick vertellt un en grot Wesen dorvon makt hewwen; äwer sei leigen, de Geschicht is vel vördem tau Parchen passiert.

Dor legen sei nu un bedrewen grugliche Ding' un slogen de schönsten Dannen dal un bugten sick dor Hütten un steken dat schöne sösfäutige bäukene Deputatholt, wat expreß för'n Magistrat slagen was, ümmer klabenwis' in't Füer, un't wohrte nich lang', dunn kregen sei frischen Tautog ut Lübz un Grabow un Niestadt un de annern Städer un ok ut dat Ridderschaftliche von de Buren, de dor leggt worden, un von de Daglöhners, de dor utsmeten wiren. Un de oll Mann von den Helpter-Barg un Krischan Schult wiren dor wedder midden mang un hitzten sei up mit unverstännige Reden, un de oll Mann säd, de städtschen Grundstücke hadden utkawelt warden müßt, un Krischan Schult säd: „Kamt all mit, wi willen mit Dörchläuchten Japheten sülwst

reden.“
Un so treckten sei denn von den Heiligen Barg af äwer Dargelütz nah Criwitz un fungen dor an tau plünnern, funnen äwer nicks, un stickten Criwitz an alle vir Ecken an, ’t wull äwer nich brennen, un treckten von dor nah den Judenbarg vör Dörchläuchten sinen Paleh.
Dor kemen sei ’s Nahmiddags den 5. Dezember Anno ... an un makten wedder en Larm, as wenn sei taum Soldatenlossen süllen. – Dörchläuchten lagg eben up sinen Sopha un wull en por Ogen vull nemen – denn hei hadd sörre Klock nägen in einen Ritt furt regiert un was mäud von de vele Arbeit un dat beten Middageten – un lagg nu grad’ un drömte so säut von dat grote Glück, wat in sinen Lan’n was, dunn kamm sin Kammerherr ’rinne un stödd em an den Arm un säd: „Herr, Sei möten upstahn – ’t deiht mi sihr led, äwer’t helpt nich –, buten steiht en Hümpel Volk, luter verfluchte Demokraten-Proletarier, un wat sei willen, dor’s nich dull un klauk ut tau warden, un all dat Magistratsdeputatholt in Parchen hewwen sei upbrennt, un Criwitz hewwen sei ansengt, un tüschen hir un Parchen hewwen sei kein Tüftenmiet verschont.“ – „Gott sall mi bewohren!“ rep Dörchläuchten, „wo kümmt so’n verfluchtes Takel in mine Staten! – Wat is’t buten för Weder?“ – „Hellschen kolt un en spöttschen Wind, Dörchläuchten.“ – „Langen Sie mich mal meinen Kalmuck-Mantäng her“, säd Japhet un treckte sick den ollen braven Russen an, set’te sick de Kron up un gung nu ’rute: „Wat? Ji ward hir woll am En’n noch unbescheiden! Ji stickt mi min Criwitz an? De schönste Stadt in’n ganzen Lan’n? Dat Juwel in mine Kron? – Schandoren! Gript mal de Häupter von dat Takel un leddt sei mal in Keden all in eine Reih vor die Stufen meines Thrones!“ – un dat geschach, un nu stun’n sei denn dor – so nu rohr! – : oll Bur Möller, den sei in’t Ridderschaftlich leggt hadden, Bäudner Meier, den sei irst duhn makt

un nahsten in'n Grawen stött hadden, Daglöhner Schröder, de 'rut smeten was un nu mit drei anner Fomilien in't Backhus lagg, de oll Mann von den Helpter-Barg un denn natürlicherwis' wedder uns' gaude Krischan Schult. – Dörchläuchten snow sick de Näs' ut.
„Entfahmten Strukröwers", säd hei endlich, „wat makt ji mi för Elend in'n Lan'n? Känt ji nich ruhig as de Ridderschaft un de Börgerschaft achter'n Aben liggen?" – „Ja, wi hewwen man keinen", repen sei alltausamen. – „Holt dat Mul!" rep Japhet der Erste. „Ein nah'n annern! Wat is di weg?" frog hei Bur Möllern. – „Min Hofstäd un mine ganze Hauw is mi weg, Dörchläuchten; sei hewwen mi 'rute smeten un mi leggt, un nu sall ick as Daglöhner tau Haw gahn, un dat tweite Landsgesetz is doch: Wat einer hett, dat hett 'e." – „Ei wat Gesetz!" säd Dörchläuchten, „wat weit de Bur von Gurkensalat? – Wat gescheihn is, is gescheihn. – Worüm hest du di nich tau rechter Tid beswert?" – „Herr Jesus, Dörchläuchten, ick heww so velen Larm makt, as ick jichtens kunn." – „Haben Wir nichts davon vernommen; die Sache bleibt in statu quo; aber zu deinem Troste wollen Wir dir sagen: von nun an soll kein Bauer mehr gelegt werden." – „Je, äwer ick, Dörchläuchten...„ – „Ruhig! Folgende weiter!" – Un Bäudner Meier tred vör un säd: „Gnedigste Herr Landroß, ick heww 'ne Bäudneri in't Fürstlich hatt, un dat was taum Lewen nich naug un taum Dodhungern tau vel, un vör allen was't slimm mit de Füerung; un dor bün ick denn männigmal en beten tau Holt gahn un heww mi denn hir un dor 'ne Bäuk afstemmt – äwer man 'ne ganz lütte –, un dor hewwen sei mi denn ümmer bi kregen un hewwen mi in dat Voßgericht ümmer den Puckel blag slagen, un denn de velen Gerichtskosten, un so bün ick bi de velen Kinner ganz in't Achtergeleg kamen, un nu hewwen sei mi 'rut smeten, un nu ligg ick dor." – „För en Spitzbauben hürt sick dat ok nich anners", säd

Dörchläuchten. „Wecke orndlich Minsch stehlt? Hest du *mi* all meindag' tau Holt gahn seihn?" – „Dat glöw ick sacht, gnedigste Herr, Sei hewwen 'ne warme Kalmuck-Mäntel an", säd Meier un böhrte den Bein in de Höcht, „äwer seihn S' hir: dörch so'n olle linne Büx pust de Wind hellschen dörch." – „Gotts ein Dunner!" säd Dörchläuchten, „nu sall ick mi am En'n noch üm de Büxen von min Unnerdahnen bekümmern. – Folgende weiter!" – „Ja, dat is mi denn nu ok ganz egal", säd Jochen Schröder, „ob ick in't Backhus ligg oder in Keden." – „Na, wat is dat denn mit dat Backhus?" – „Je, dor ligg wi in, Jochen Smidt mit sin vir Gören un Jehann Westphal ok mit sin fiw; un 's Morrens wunnern wi uns, wo ein jeder sin Arm un Bein mang de annern wedder 'rute finnt." – „Je, worüm liggt ji denn alltausamen in dat Backhus?" – „Worüm? – Dorüm!" – „Dummer Kirl", säd Dörchläuchten falsch, „Sin Herr ward doch woll en Grund hewwen, dat hei Em dorinne smeten hett." – „Ih ja, den ward hei woll hewwen", säd Jochen Schröder, „un't is en ganzen nüdlichen Grund. – Min öllste Dirn is de Grund." – „Denn ward sei gewiß nich dahn hewwen, wat ehr heiten is." – „Ne, dat hett sei *nich* dahn, un dat *sall* sei ok nich dauhn. – Meinen Sei, Dörchläuchten, dat ick minen Eddelmann sin Gören ok noch fäuden sall?" – „Dat's en tau delekaten Punkt", säd Dörchläuchten, „de sick hir nich in de Öffentlichkeit bespreken lett. – Folgende weiter!"

Nu tred de oll Mann von den Helpter-Barg wedder vör un säd: „Dörchläuchten, dat is man, dat ick dorvon red; äwer ick bün ein von de Rehnschen, un wi hewwen man knapp Land kregen, un dor hewwen s' nu all wedder taulangt, un ick heww wedder nicks kregen. – Ick bliw dorbi, de Buplätz in de Stadt un de Feldmark hadden utkawelt warden müßt:" – „Haha!" rep Dörchläuchten, „dor is Hei jo all wedder! Oh", rep hei de Schandoren tau, „desen holt mi hir mal en beten wiß!“ Un de oll Mann von den *Helpter*-Barg wir säker nah de *Drei*bargen kamen, wenn Krischan Schult nich west wir. Krischan Schult wir en Kirl up den Platz un wüßt, wat hei tau dauhn hadd: „Dörchläuchten“, säd hei, as an em de Reih was, „Sei känen lang' reden, ihre mi en Wurd dorvon geföllt.“ – „Verdammter Kerl“, röp Dörchläuchten, „Er ist ja wohl gar ein Demokrat?“ – „Un dat mit Recht!“ säd Krischan Schult, „un dat sünd wi all, as wi hir gebacken un geburen sünd; blot de verfluchten Hun'n hewwen nich de Kurasch', dat gradut tau seggen.“ – „Fort mit ihm!“ rep Dörchläuchten, „werft das Scheusal in die Wolfsschlucht.“ – „Holt!“ rep Krischan Schult un grawwelte achter sick un kreg so'n twölfjährigen Jungen tau faten, de sick an sin Rockslipp anfat't hadd, un böhrte em in de Höcht un säd: „Ick seih blot, dat dat en dickköppigen, rotznäsigen Slüngel is“, rep Dörchläuchten wütend. – „Ja“, säd Krischan Schult un wischte den Jungen de Näs' af, „'t is min Sähn, Dörchläuchten, un drei von so'ne Ort heww ick Sei nu all tau de Soldaten gewen, un dat hett en Demokrat dahn; un de Sähns von de Herrn Eddellüd', de warden sick bedanken un warden mit Peik un mit Schapschinken vör de Schillerhüser up un dal gahn, de warden leiwerst Offezierers, un de ollen slus'uhrigen Börgers köpen ehr Jungs in den Stellvertreder-Verein, un wat *wi* sünd, *wi* möten dat Volk stellen. – De Eddelmann plückt sick von den Militörbom de ripen säuten Plummen af, de Börger giwwt sine lusigen Gröschen, wi gewen uns' eigen Fleisch un Blaud; sünd wi dorüm slichter as dei? – Nu reden S', Dörchläuchten.“ – Je, wat süll Dörchläuchten tau so'n dummen Snack seggen; Krischan Schult hadd ok woll wat anners fragen künnt. – Dörchläuchten Japhet kratzte sick also en beten achter de Uhren un säd: „Dat verstah ji nich!“ – „Ne“, säd Krischan Schult, „worüm dat so sin sall, Dörchläuchten, dat verstah wi ok nich.“ – „Merk

Er sich", säd Dörchläuchten falsch, „Demokraten will ich nicht in meinen Landen haben." – „Herreje, Dörchläuchten, wi willen jo all girn Aristokraten warden, uns fehlt blot dat Riddergaud dortau un de Kutsch mit de vir Mähren." – „Ich kann nicht alle glücklich machen", säd Japhet verdreitlich, „einige müssen befehlen, und einige müssen gehorchen." – „Richtig, Dörchläuchten!" säd Krischan Schult, „ganz in de Ordnung! De Dummen möten gehorken un de Klauken befehlen; äwer fri Bahn möt sin!" – „Ja", repen nu all tausamen, „fri Bahn möt sin!" – Dörchläuchten wull hir wat seggen; äwer Krischan Schult fot em vörtau un säd: „Hüren Sei 't, Dörchläuchten?" – Wi willen gor keine Vörrechte hewwen; äwer de annern sälen ok kein hewwen. _ Seihn S'" – un hir böhrte hei wedder sinen Jungen in de Höcht un putzte em de Snut af –, „dit is hei. – Worüm sall *des'* Jung' – ick segg von *dissen* –, worüm sall de nich ebensogaud General warden as den Eddelmann sin?" – Dat hadd Krischan Schult nich seggen müßt, Dörchläuchten wull ok all wedder falsch warden; äwer as hei lütt Hinning Schulten so up en taukünftigen General ansach, dunn kreg hei dat mit Lachen un lachte, dat em de Kron up den Kopp wackelte: „Na, Lüd' un Kinner!" rep hei, „dese rotznäsige Slüngel sall General warden!" – „Hoho!" rep Krischan Schult, denn hei was en hellsch lüftigen Kirl un wüßt glik, wo't fuchten wir, un sach't all an de Weig', wenn't Kind kacken wull: „Hoho! Dörchläuchten, ut Kinner warden Lüd', un as de Kirl is, möt em de Wust brad't warden. Min Jung' – ick red hir blot von minen –, de hett en gesunnen Kopp, denn wi Schulten-Ort sünd äwerall nich up den Kopp follen, un wat för en Soldaten de Hauptsak is, hei is ok richtig in de Mag', un wenn ick Brod hollen kann, dat ick dat fäuden kann, un ick heww Hüsung, dat mi dat nich verklamt, un ick verdein so vel, dat ick dat wat lihren laten kann, denn so sälen Sei seihn, Dörchläuchten, ward ut den rotznäsigen Jungen en dägten Kirl, un wider will ick ok nicks; mag hei nu nahsten *General* warden oder *Kapperal* – mi is 't egal; äwer fri Bahn möt hei hewwen!“ – „Ja“, repen nu all tausamen, „fri Bahn möt wi hewwen! Un Brot möt wi hewwen! Un Hüsung möt wi hewwen! Un lihren möten uns' Gören wat!“

Japhet der Erste was en ollen braven Mann, de 't äwerall gaud meinen ded; Krischan Schult hadd em mit de drei Jungs, de hei an't Militör afliwert hadd, de weike Sid afgewunnen, un wenn hei't mit sinen lütten Hinne-General ok binah wedder verdorben hadd – denn Krischan Schult gung jo ok ogenschinlich tau wid –, Dörchläuchten Japhet hadd so vel Insichten, dat hei dat insach, wenn hei äwerall Soldaten hollen wull, denn müßt grad' dese Ort Brod un Hüsung hewwen. – Hei gung also en por Mal up un dal, üm sick de Fäut en beten warm tau pedden un de Gedanken klor tau maken, un as hei dormit prat was, säd hei: „Kinnings, mit de fri Bahn, dat 's dummes Tüg; mit allens, wat sick mit ‚fri' anfängt, dormit bliwt mi von 'n Liw'! Dat hewwen ji ok gor nich ut jug sülwen, dat hewwen jug blot anner Schapsköpper in den Kopp set't. Privilegen möten sin, de sünd all vör min sel Vader Noah's Tiden in unsen Gelobten Lan'n begäng' west; äwer Friheit? Ne! – Dat Wurd sall von nu an nich mihr äwer de Grenz laten warden. Vörrechten möten ok sin, wodörch süllen sick sünst de einzelnen Stän'n von enanner unnerscheiden? Äwer mit de gliken Rechten, dor bliwt mi ebenso mit von den Liw' as mit de fri Bahn. Brot un Hüsung möt ji hewwen, dat seih ick in, un wenn mi Gott dat Lewen lett, besorg' ick jug dat ok. Und damit ihr seht, daß Wir euch ein gnädiger Herr sünd: Schandoren, nemt mal de Kirls de Keden wedder af!“ – De deden dat denn nu, äwer as sei an den ollen Mann von den Helpter-Barg kemen, frogen sei: „Herr, desen ok?“ – „Ja“, säd Dörchläuchten un winkte mit den Zepter:

„Unsere Gnade kennet keine Grenzen! Lat't den ollen Schapskopp lopen." – „Herr", säd nu Bur Möller, „krig ick min Hauw denn nu wedder?" – „Is gor nich an tau denken!" säd Japhet. „Dat is en Kram, dor weit Wi Uns sülwst nich in tau raden. Hei möt so denken, sei is in de Krümp gahn." – „Gnedigste Herr Landroß, un min Bäudneri?" frog Meier. – „Hei's en Spitzbauw, hett mi min Holt stahlen un verlangt nu noch 'ne Bäudneri; Hei ward Daglöhner in't Domanium, un ick ward mine Beamten den Befehl gewen, dat sei up Em en sonderbores Og smiten sälen." – „Ja, Herr", drängte sick nu Jochen Schröder wedder vör, „mi is dat nu äwerst nu allens *ganz* egal! Wo ward dat nu äwerst mit min Backhus un min Dirn?" – „Hei kann jo up Arbeit gahn un Sin Brod verdeinen, un unner Dack un Fack is Hei jo in't Backhus ok, un Sin Dirn ... Dat is mi hir tau schanierlich, dorvon tau reden. Äwer ick will dat de Preisters inremsen, dat sei nich ümmer von de Unsittlichkeit von de gemeinen Lüd' reden sälen, sei sälen ok af un an – minentwegen jeden tweiten Festdag – mal von de Unsittlichkeit von de Herrn predigen!" – „Hurrah! Dörchläuchten Japhet sall lewen!" repen all ut de Ridderschaft un ut dat Domanium, „denn sünd wi ok taufreden!" – „Ja, Vadder", rep Jochen Schröder, „minentwegen noch teihn Johr in't Backhus, wenn 'ck de Dirn man ihrlich beholl." – „Ja, Vadder", rep Jehann Smidt, „un den tweiten Festdag gahn wi all in de Kirch." – Un somit treckten de Ridderschaftlichen un de ut dat Domanium af un säden: „Unsen ollen Dörchläuchten, den lat't man taufreden, dat's doch en ollen hellschen Knebel!"

Un as nu Bur Möller von sin Hauw un Bäudner Meier von sin Bäudneri anfangen wull, säden de Daglöhners: „Wat, ji? – Sünd ji beter as wi? – Gaht ji ok man up Arbeit." De was Japhet nu los un hadd nu man blot noch mit de Städer tau dauhn, de kein Hus un keinen Acker kregen hadden. „Kinnings“, säd hei, „mit jug is dat en fitalen Fall, äwer – Gott sei Dank! – de Rat is mi nich knapp, un den gew ick jug girn: wardt Snider un Schauster un treckt bi den Börger up den Bähn.“ – „Ja, Herr“, säd de ein, „äwer denn sünd wi doch ok rein gor nicks.“ – „Ih worüm dat nich!“ säd Dörchläuchten, „wenn ji jug Stüern un Afgawen gewt, denn känt ji ok Börger warden, un denn sitt ji so gaud as jeder anner mit de Herrn an'n Disch.“ – „Ja, Dörchläuchten, dat wir woll so; äwer mit de Kauh! Wi hewwen keinen Placken Land un Wisch, wo sälen wi de Kauh dörchfaudert krigen?“ – „Ih wat!“ säd Dörchläuchten, „wat Kauh! Schafft jug en lütt Swin an un makt jug *dat* fett.“ – „Je, Dörchläuchten, mit en Swin! – Wi hewwen jo nich so vel eigen Land as de Hand grot – wo sälen wi uns en Swinkaben bugen?“ – Das was denn nu wedder 'ne dämliche Frag', un Japhet würd ok falsch doräwer, äwer hei was in't Regieren hellschen perfekt un kamm seindag' nich in Verlegenheit: „Minent-wegen“, rep hei, „set't jug dat Swin up den bäwelsten Bähn un makt jug dat in'n Reis'kuffert fett.“ – „Dörchläuchten Japhet“, säd de oll Mann von den Helpter-Barg, „dat is man, dat ick dorvon red, äwer dat verstahn Sei nich! Dat ward 'ne Sägeri, un meinen Sei, dat ick min Fru dat ansinnen sin sall, dat sei mit den Swinkram dagdäglich de Trepp dal dragen sall?“ – Wo de verfluchte Kirl woll all de Fragen her hadd! – Dörchläuchten was denn nu ok wedder hellschen falsch un lep hen un her, wüßt äwer doch bald wedder Rat un säd: „Kinnings, mit de Geschicht lat't mi nu taufreden, Käuh un Swin kann ick jug nich garantieren, ick will jug staats dessen Stadtrepresentanten gewen, de ok für den lütten Börger sorgen sälen.“ – „Wat's dat för 'ne Ort?“ frog Krischan Schult. – „Ji känt sei nu nennen, as ji willt“, säd Japhet, „ji känt sei minentwegen Virtelslüd' oder Utschottbörger oder Representanten oder minentwegen ok Corpus nennen; äwer sei sälen jug

Stütt un jug Stolz sin.“ – „Je, Dörchläuchten“, säd Krischan Schult, „wenn dat man blot nich just so kümmt as mit de Ratsherrn, an de hewwen wi ok noch nich vele Freud’ erlewt.“ – „Krischan“, säd Dörchläuchten, „ick segg di jo utdrücklich, des’ Lüd’ hewwen Gott in der Welt gor nicks wider tau dauhn, as jug glücklich tau maken.“ – „Hurah!“ repen sei nu alltausamen, „nu will wi ok all nah Hus gahn! Wat will wi mihr? Dörchläuchten Japhet sall lewen! Hurah hoch!“ Un somit tröcken sei af.
Äwer Dörchläuchten rep achter her, Krischan Schult süll noch en Ogenblick wedder taurügg kamen. – „Krischan“, säd sin gnedig Landsvader tau em, as hei mit sinen Jungen so vör em stunn, „ick holl di eigentlich so tämlich för den Kläuksten in den ganzen Lan’n, un eigentlich müßt ick di tau minen Minister maken; äwer irstens fehlen di alle Manieren, un tweitens ‚dein böses Trachten hast du mir verraten, Vogt’, du hest di sülwst för en Demokraten utgewen, un dat wardst du inseihn, en Demokrat kann, so lang’ de Welt steiht, allseindag’ nich Minister warden.“ – „Ne“, säd Krischan Schult sihr verstännig, „Dörchläuchten, dat geiht woll nich.“ – „Äwer, Krischan“, säd sin gnedigst Landsvader, „ick mag di woll liden, bidd di ’ne Gnad ut.“ – Je, nu stunn hei dor as Botter an de Sünn. – Hei wüßt’t ok nich. – „Je“, säd hei tauletzt, „gnedigste Herr, ick heww min Lew’lang daglöhneriert, un ut en Swinsuhr is kein siden Geldbüdel tau maken, an *mi* is nicks mihr tau ännern, *ick* möt mi nu so dörchwrangen, un wenn ick Arbeit heww, dat ick Brod hollen kann, un ick heww Hüsung, denn möt ick mi ebensogaud as alle annern Daglöhners taufreden gewen. Äwer, seihn S’, Dörchläuchten, unsere Kinner … Sall dat Wormtüg nu ewig un drei Dag’ ok blot daglöhnerieren?“ – „Krischan“, säd de Herr, „du büst jo woll ut mine getreue Vörderstadt Parchen?“ – „Ja, Herr“, säd Krischan, „un bün ok mit dat Eldenwater döfft.“ – „Na, denn hür nipping tau:

Ick ward ein ungeheuer liberales Gesetz utgahn laten, dat ein jedes städtsches Daglöhnerkind Schauster un Snider, ok Stadtverordneter un Ratsherr, ja sogor ok Burmeister warden kann. – Büst nu taufreden?“ – „Dat ’s brav von Sei, Dörchläuchten, sihr brav! Äwer wo ward dat nu mit mine Mitkollegen in’t Ridderschaftlich un in’t Fürstlich?“ – „Dat gellt di nich un mi nich wat an, dat hewwen de Herrn von de Ridderschaft un mine Herrn Beamten tau besorgen. Ein jeder feg vör sine Dör. Dine Mitkollegen in’t Ridderschaftlich un in’t Domanium möten mit Kinner un Kindskinner bet an’t En’n der Welt daglöhnerieren, un wen dat nich ansteiht, de kann jo nah Amerika oder in’t Preußsch gahn.“ – „Ja, Dörchläuchten“, säd Krischan, „dat mag woll in de annern ehren Kram passen, äwer för den gemeinen Mann, de up de ganze Welt nicks wider hett as sine velen leiwen Gören, is dat doch ’ne tau harte Utschriwung; un wat wi richtigen Demokraten sünd, wi fegen nich blot vör uns’ eigen Dören, wi fegen ok girn vör frömde Dören.“ – „Süh, dat is dat eben“, säd Japhet, „dat ward jug von alle Welt verdacht. Worüm holl’t ji jug des Dags äwer nich retireh? Ji kän’t jug jo des Abends tau Bedd leggen, jug de Nachtmütz äwer de Uhren trecken un de ganze Nacht bet’s Morrens Klock sössen up jugen eigen Schalm Demokrat spelen, un denn bliwwt Rauh in’n Lan’n, un de will ick hewwen. – Äwer dorüm will’n wi uns beid’ nich perßöhnlich vertühren, Krischan. – Lieber, Getreuer, du hast vorher den Wunsch ausgesprochen, daß dein geliebter Sohn, Hinning Schult, die militärische Laufbahn einschlagen und es auf dem Felde der Ehre bis zum General bringen möchte. Wir wollen auf diesen deinen ziemlich unverständigen Wunsch in Anbetracht deiner sonst bewiesenen Verständigkeit einen leuchtenden Strahl Unserer Gnade in der Art fallen lassen, daß Wir ihm die ehrebeschlagenen ehernen Pforten dieser Laufbahn öffnen – äwer du sallst seihn, hei leggt in

den Nettel! – und ihn als Kadetten in Unserer neu zu errichtenden Kadettenanstalt *versuchsweise* aufnehmen – Krischan, ich sage *versuchsweise!* –, um zu erfahren, ob ein Tagelöhnerkind so viel Verstand, Mut und manierlich-gesetztes Betragen besitzt, um es – nu meinentwegen – zum Leutnant zu bringen." – „Dörchläuchten", säd Krischan Schult, „Hinning un ick willen uns' Mäglichst dorbi dauhn." – „Nun, dann seid Ihr hiemit in Gnaden entlassen!" – „Na, denn adjüs ok, Dörchläuchten! – Un kumm, Kandett!" säd Krischan un swenkte sick den Jungen up de Schuller un gung af.
Japhet gung 'rinne in sin Stuw' un stellte sick mit den Puckel an den warmen Aben un säd tau sine leiwe Fru: „Mutting, mi hett de olle spöttsche Wind ganz entfahmten dörchhalt, mak mi en lütt Glas heiten Grog." – „Ja woll", säd sei; „äwer, Japheting, sühst nu woll, wo dat deiht? Du büst nu blot ein Stun'n buten in den Wind west un hest doch ok wat up un wat in den Liw', un nu klapperst du all mit de Tähnen. Wat meinst du woll, wo dat arme Volk nu woll buten frirt?" Denn sei was 'ne herzensgaude Fru un sihr för den gemeinen Mann, obschonst sei 'ne hoge Königsdochter was – denn sei was 'ne geburne Nimrodden; äwer von ehren sel Vader slog ehr kein Ader. – „Mutting", säd Japhet, „ick dauh jo, wat ick kann", un probierte den Grog un säd: „En lütten Schuß kann hei noch verdragen." – Un as sei em nu noch en Schuß Arrak taugaten hadd, säd hei: „Sei willen Weid' för 'ne Kauh hewwen, un de kann ick ehr nich alltausamen verschaffen." – „Besinn di dor tweimal up", säd sei, „denn ick heww dat Unglück in min eigen Fomili hatt, indem dat min sel Vader ok gegen den gemeinen Mann tau hart was un wull ehr kein Kauhweid' gewen un verbet sick dor so dägern up, dat hei dat tauletzt sülwen mit Grasfreten kreg, un wat meinst woll, wo uns Kinner dat schanierlich was, wenn hei uns so mit en Loppen Gras in't Mul vör Ogen

kamm?" – „Min Döchting", säd Japhet un strakte sine leiwe Fru eins äwer, „dat is so'n grotes Unglück nich. – Din sel Vader müggte von lütt up an all girn Salat, un dat hei in sin ollen Dagen roden Klewer för Koppsalat ansach, hadd't ji vernünftiger Wis' up sine ollen Ogen anreken müßt. – De von mine leiwen Unnerdahnen, de kein Kauhweid' krigen känen, de krigen von nu an Representanten."

Dormit müßt sick denn nu ok de Japheten, geburne Nimrodden, taufreden gewen, un Nigen-Bramborg was de irste Stadt, so en Corpus upricht't würd, tweiuntwintig Mann hoch, d.h. virteihn Öllermanns un acht Wikhushauptlüd', un äwer dat Ganze würd en Öllermannshauptmann set't, de dat Mul up dat rechte Flag hadd, dat hei för den lütten Mann gehürig gegen den Magistrat upkamen künn. Un de Nigen-Bramborger wiren sihr glücklich. Un taum Dank för dit Glück un taum ewigen Angedenken doran hau'ten sei ehre Representanten ut – dat heit in Stein – un stellten sei as Wohrteiken up dat Nige un up dat Stargarder Dur, un dor stahn sei noch bet up den hütigen Dag.

Äwer de Freud' wohrte nich lang'. De Corpus sach mit de Tid mihr up sin eigen Wollbefinnen as up dat von den lütten Mann un wen'nte sick in de Ratssitzung dat Nicken an. Wenn sei in de Ratssitzungen mal nah wat befragt würden, denn nickten sei ümmer mit de Köpp un nickten so lang', bet ehr de Köpp von de Postamente an dat Nige un dat Stargarder Dur affelen, un dat dumme Volk makte sine slichten Witze doräwer un säd, nu, dat sei kein Köpp mihr hadden, seg sick ein jeder von ehr hellschen ähnlich.

So gung dat nu binah in alle Städer, un't würd wedder en groten Larm, denn trotz de schönsten Inrichtungen wiren doch wedder vele, de kein Hüsung krigen un nich fast warden kunnen – äwer't was wohres Takel. In't Ridderschaftlich un in't Domanium wiren't so'ne unripe, dumme Jungs von en Joh-

rener sößundörtig bet virtig, de sick all so'n Johrener teihn mit 'ne Brud 'rümmer treckt, ok all etzliche Kinner in de Welt set't hadden, trotzdem dat de Preisters ehr alle Sünndag de schönsten Vermahnungen hadden taufleiten laten, un in de Städer was dat reine Snurrerwohr. – Na, des' Ort rottierte sick wedder tausam – ditmal in den Jehannsmand Anno ... tau Krakow –, un dor heit dat denn wedder: „Will'n nah Dörchläuchten gahn!"
Dat geschach, un en por ihrsame Inwahners von Krakow sloten sick an ehr an mit lütte Dreihörgeln un spelten de scharmantsten Stücke, un so treckten sei dörch Güstrow, wo ein grotes Sloß bugt würd, un de ein säd tau den annern: „Süh, Dörchläuchten lett hir en niges Paleh bugen", un so kemen sei denn den tweiten Dag recht in de presse Middagssün'n up den Judenbarg an. – De Dreihörgeln spelten wunderschön. – „Vadding, du kriggst en Ständschen", säd Japheten sine leiwe Fru. – „Ja, 't ward 'ne schöne Ort Ständschen sin!" säd Japhet der Erste un kek dörch de Finsterruten. „Dit is denn nu de richtige Ort." – „Japheting", säd sei in ehre Gaudmäudigkeit, „dauh mi den Gefallen un fohr de Lüd' nich an un arger di nich." – „Lat mi!" säd Japhet, „bün ick mit de Ridderschaft fahrig worden, mit des' ward ick ok sacht fahrig!" un treckte sick in Hemsmaugen ut, denn't was hellschen heit, un tred up sinen Balkan un säd: „Wat ji Rackertüg willt, dat weit ick all lang'. Snurrerwohr, meint ji, ick heww nicks anners tau dauhn, as jugen Drähnsnack antauhüren? – Dor seiht mine braven Krakowschen Börgers an; sei verdeinen ehr Brod ihrlich un erfreu'n dat ganze Land mit ehre Örgel un ehren Gesang; und wo man singt, da laß dich ruhig nieder, säd de Düwel un set't sick in'n Immenswarm. – Doch dat wull ick nich seggen, ick wull seggen: worüm nem ji jug nich ok 'ne Dreihörgel up den Nacken?" – „Ja, Herr", säd Jehann Smidt – denn de Smidten-Ort is ok all lang' begäng' –, „wenn

wi alltausamen, de kein Unnerkamen finnen känen, mit 'ne Dreihörgel 'rümmer trecken wullen, dat würd en schönen Larm warden." – „Na, denn lat't den Apen danzen." – „Ja, Dörchläuchten, uns' Apen hir in'n Lan'n, de danzen nich, de laten uns leiwerst danzen." – „Denn spelt dat schöne Töppkenspill up de Johrmarke." – „Herr, dor sünd uns' Fingern tau stiw tau von de vele Arbeit." – „Na, denn...", säd Dörchläuchten un wischte sick den Sweit af, „denn ... weit ick't ok nich. – Wo's Krischan Schult?" – „Ja, Herr", säd Jehann Smidt, „de Hallunk, de bargt sick woll. – Dat will en Demokrat sin? Un döscht för de riken Börger an den Mark üm den twölwten Schepel, un sin Jung' sall Kandett warden? Up so'ne Demokraten, de sick dat Mul smeren laten, dor haust wi wat." – „Na", säd Dörchläuchten tauletzt un wischte sick de groten Sweitdruppen von dat Gesicht – denn dat Regieren grippt hellschen an –, „gaht all nah Amerika. – Meckelnborg is en arm Land, is all gor tau vel äwerbevölkert, indem dat de Ridderschaft doch dorvon ok gaud lewen will. Ja, wenn wi so in de Mark Bramborg wiren, up so en schönen Bodden finnt sick ümmer noch en Platz; äwer wat nich is, is nich. Gaht nah Amerika! Meint ji, dat uns' Herrgott Amerika dor blot so taum Spaß henset't hett? Ne, dat sall ok bevölkert warden. – Un ji sid jo dat nu all hir gewennt, ahn Hüsung up de Strat tau liggen, för jug is dat 'ne plesierliche Sak." – „Ja, Herr", säd Jehann Smidt, „äwer dat grote Water." – „Ih wat", rep Dörchläuchten, „dat grote Water! – Ick gew jug min heiliges Wurd, dat ick mi üm jug, so drad ji up dat Schipp sit't, ok nich im geringsten bekümmern will." – „Dörchläuchten", säd Jehann Smidt, „dat wir wat! – *Dat* Wurd wir so gaud as 'ne Brügg äwer dat ganze grote Water. – So, Kinnings, nu kamt, nu will wi adjüs seggen." – „Holt!" rep Dörchläuchten, „eins noch! – Wer sick äwer von Stun'n an ahn Hüsung in'n Lan'n bedrepen lett oder ahn Dreihörgel tau sinen ihrlichen börgerlichen Erwerb, de kümmt in dat Landarbeitshus – ji hewwt jo woll in Güstrow dat Sloß seihn, wat ick för jug dor uprichten lat – ; wonach sich ein jeder zu richten! – Un nu adjüs! Un reis't mit Gott!“

Un so tröcken sei af, un de Dreihörgeln spelten: „Juchhei, juchhei! Brunsilgen is nich weit von hier!“ un „Auf, auf, ihr Brüder, und seid stark! Die Abschiedsstunde naht ... Ins heiße Afrika! Ins heiße Afrika!“ – Un Dörchläuchten wischte sick wedder de Sweitdruppen af, ut Mitgefäuhl wegen dat heite Afrika, un wull all 'rinne gahn, dunn tred de oll Mann von den Helpter-Barg wedder vör, de allein taurügg blewen was, un säd: „Dörchläuchten, dat is man, dat ick dorvon red; äwer seihn S', ick bün en ollen Mann un heww all min Afgawen dragen, Kind un Kegel heww ick nich, wat sall ick oll Worm in Amerika? – Ick segg, 't hadd von Anfang an kawelt warden müßt.“ – „Hoho!“ rep Dörchläuchten, „du kümmst mi grad' recht. – Schandoren, ledd't den Kirl mal äwer de preußsche Grenz!“

Un de Schandoren deden dat, un up Jensid leten sei em lopen un säden: „So, Brauder, hir kannst du nu so hoch springen, as du Lust hest, an de Preußen is doch nicks mihr tau verdarben.“ – Un sei hadden recht, denn ut sine nahgelatenen Poppieren was dat tau seihn, dat de Kirl einen gruglichen Kommunist west was, de dat ganze Land in lute lütte Stücken kortslagen un allens deilen wull, sülwst sogor unsere groten, schönen ridderschaftlichen Gäuder.

Un Japhet gung 'rinne in sine Slapstuw' un säd tau sine leiwe Fru: „Mutting, giww mi en drög Hemd, denn ick heww mi klatschennatt regiert; äwer – Gott sei Dank! – nu bün ick dormit dörch, eben heww ick den Knop up de ganze Staatsverfassung set't, dat Landarbeitshus.“ – „Ach, Japheting“, säd sei, „Arger slöppt nich. – Süh, du deihst din Ding', un ick dauh min Ding' ok; äwer wat helpt dat all? –

Süh, wenn ick den Dag äwer 'rümmer wirkt heww un denk, nu is allens tau Schick, un ick will in de Schummerstun'n de Hän'n en beten in den Schot leggen, denn kümmt de ein ßackermentsche Dirn un will *dit*, un de anner kümmt un will *dat*. – Rauh krigen wi beid' gor nich." – „Min Döchting", säd Japhet un smet dat smutzig Hemd in de Eck un säd: „De ollen Tiden hewwen wi hadd", un ströpte sick dat reine Hemd äwer, „un nu kamen de nigen", un stoppte sick dat Hemd in de Hosen un säd: „Un de warden uns behaglich sitten", un smet sick de Hosendräger äwer un säd: „Denn nu is in Unsern Lan'n de Last up jeden sin Part gaud verdeilt", un smet sick den Slaprock äwer, de em en beten vüllig was, un säd: „Un Unsere Verfassung ward sick ümmer mihr utbilden un ward in de Verhältnissen bet 'rinne wassen", un smet sick in sinen Lehnstaul un säd: „Gott sei Lob un Dank! Nu hett ein jeder sinen Platz in den ganzen Lan'n, up den hei wirken kann; de Ridderschaft hett ehren, de Börgers hewwen ehren, de por Buren hewwen ehren, un de *Daglöhners* – Herrje, wat hett dat Volk für Platz tau wirken, wenn sei süs man willen. – Ick heww nu mit den Larm nicks wider tau dauhn, de Verfassung möt sick sülwst utbugen, oder süs möten de Landstän'n dorför sorgen." – „Vadding", säd sei, „*du* erlewst dat nich, un *ick* erlew dat ok nich; dat wort tau lang'!" – „Mutting", säd hei, „dat hett jo ok Tid. – Jo nich äwerilen! Süh, wi schriwen nu Anno … *vör* Christi Geburt; wenn wi Anno … *nah* Christi Geburt schriwen, denn känen sick mine Nahfolgers in't Regiment noch lang' besinnen, wat sei in de Sak dauhn willen."

„Ja, Vadding, äwer…" – „Lat mi!" säd hei, „mi ward slicht tau Maud." – „Herre Gott, Vadding, du wardst jo ganz blaß …" – „Bring' mi tau Bedd un lat minen Erbprinzen Gomer kamen!"

Dat geschach, un as Gomer kamm, säd sin oll Vader tau em: „Gomer, min Sähn, nimm di en Ogen-

speigel an mi, regier di nich dod! Du büst ümmer en fram Kind west un hest dahn, wat di heiten is, also folg mi ok in des' Sak: regier di nich dod! – Lat dat Ding sinen Lop! – Wat du nich besorgst, ward de Ridderschaft woll besorgen, up *de* stütt di! – Hol di firn von de Demokraten, sei hewwen mi vel Elend makt; äwer in 'ne swacke Stun'n heww ick mal Krischan Schulten dat verspraken, ick wull sinen Hinrich in dat Kadettenkur upnemen; äwer ick heww utdrücklich seggt *versuchsweise*. – Schickt de Snäsel sick nich, denn jag em furt. – Ick wull min Verspreken doch hollen, un nu…" – Dunn entsäd hei 't sick, un Gomer was Dörchläuchten.
Nah drei Dag' würd hei grawen, un in den ganzen Lan'n würd sammelt tau en Postament för em, äwer blot unner de Ridderschaft un de Domänenpächters; un as uns' Demokrat, Krischan Schult, kamm un ok sine bläudigen acht Gröschen up den Disch läd, dunn flustert dat Postamentskomiteh tausamen: „Wer? – Wat? – Wo? — Also *de* is dat?" Un sei schowen de acht Gröschen taurügg un säden, 't künnen blot anstännig Lüd' annamen warden. – Up sin Postament un in de Gedichten würd hei Japhetus Divisor näumt, wil dat hei dat Land Meckelnborg för ümmer in drei Deil deilt hett, ahn Feldmäters, blot dörch „Sonderinteressen", as sei up Stun'ns dortau seggen.

Von Gomern sülwst is grad' nich vel anners tau seggen, as dat hei en fram Kind was un dat hei sinen ollen Vader sinen Rat befolgen ded: Hei regierte sick nich dod, hei let 't gahn, as 't gung, un't gung wunderschön, denn wildeß hei up den Sopha lagg, makte hei de grötsten Eroberungen. De Sak was so: Hinne Schult hadd sinen Examen as Kandett makt, was Leutnant worden un was wegen dat Öller ümmer höger uprückt, bet hei tauletzt General was. General Hinne Schult was en braven Kirl un wull sick dankbor bewisen; hei tred also vör

Gomern hen: „Bliwen S' ruhig liggen, Dörchläuchten! Ick kam blot tau Sei her un wull doch mal nahfragen, wat wi uns nich en Stück Ukermark oder Priegnitz oder von dat dänemarksche Lauenborg[1] erobern wullen.“ – „Minentwegen“, säd Dörchläuchten, un Hinne Schult föll in de Ukermark, namm twei Dörper un de Stadt Straßborg, de dunn binah noch gröter was, as sei nu is, un rückte gegen Pasewalk, wat dunntaumalen noch „Potsdewilk“, d.h. „Ort zwischen den Wölfen“[2], näumt würd. Hir kamm em äwer dat preußsche tweite Kürassier-Regiment in de Queer, wat dunntaumalen noch „Königin Dreiguner“ näumt würd, un hei müßte sick taurügg trecken. – Hei let vörher all sine Generals un Obersten tausamenkamen un säd: „Der Tapfere weicht mutig zurück.“ – „Dat deiht hei“, säden sei all, un dunn gung ok dat Retürieren los; äwer mit Verstand. General Hinne Schult let, wil dat dunn noch kein Kanonen assistieren deden, de vernagelt warden künnen, un doch wat vernagelt warden müßt all sine Biertunnen vernageln, let all sine Fettossen den Hals afsniden, üm den Find in Hungersnot tau versetten, un swenkte sick linksch in de unbewahnten Gegenden von Förstenbarg un Mi-

[1]Worüm seggt hir de selige Eddelmann „dänemarksch“, worüm seggt hei nich „dänsch“? Dat will ick di seggen, leiwe Leser: wil min selig Eddelmann en gaud Schepelsdeil kläuker is as du, de dornah fröggt. Denn de Inwahners von Lauenborg maken mit Recht en groten Unnerscheid tüschen „dänsch“ un „dänemarksch.“ – „Dänsch“ willen sei nich sin; äwer „dänemarksch“ willen sei sin un, wenn't jichtens geiht, ok bliwen, geiht 't äwer nich, denn will'n sei taum wenigsten preußsch sin. Dat heit, ick red hir blot von de Ridderschaft, von den gemeinen Mann red ick äwerall nich girn, wil hei tau unverstännig is, „auch keine Staatsraison besitzt“, as Gomern sin öbberste Herr Minister seggen würd.

[2]Desen schönen Namen verdankt Pasewalk un de äwrige Welt de utverschamte Gelihrsamkeit von den Herrn Dr. W. Reinhold (vide: Urgeschicht von Woldegk, up de 9te Sid).

row hendal. – Dese grotorige Rücktog hett den General Schulten mihr Kriegsruhm inbröcht as all sine Eroberungen; äwer in Mirow wir't em binah slicht gahn. Sine tapfern Truppen föllen nämlich äwer Wesenbarg in Mirow in, äwer föllen ok tauglik en Fautener twölw deiper in den Hahnschen Bierkeller 'rinner. Nu kann sick einer den Döst denken, den de armen Vaterlandkrieger hadden, as sei den ganzen Dag dörch Sand un Dannenquäst marschiert wiren; de ganze Disziplin was lockert. Hinne Schult gung as General in helle Vertwifelung vör den Bierkeller up un dal, ret sick in de Hor un rep: „Dieses Mirow wird mein Capua!" Äwer – Gott sei Dank! – den annern Morgen hadd de ganze Armee den Kattenjammer, un in desen sihr folgsamen Taustand triumphierte hei mit ehr ut Mirow un namm den Weg nah de Waterheilanstalt tau Stuer. „Täuw!" säd hei, „dor will ick jug betahlen." – Stuer un de Waterheilanstalt würd beset't, un de Dusch würd mit Storm nahmen. De düllsten Mirowschen Rebellers würden unner de Dusch inquartiert, weck in de Badwannen, weck würden wickelt un müßten Sittbäder nehmen, un de ganze Armee müßt gruglich vel koll Water drinken. As hei so den Gehursam wedder herstellt hadd un sine ganze Armee gegen Gicht un Erasmus verstahlt hadd, swenkte hei sick äwer Plau un Lübz un den Parchenschen Sünnenbarg un föll up Putlitz. Dese berühmte Festung belagerte hei en ganzes halwes Johr lang' un kunn sei nich nemen; äwer as de tapfern Börgers tauletzt Brandsalen un Stäwelwichs vertehren müßten, dunn äwergewen sei sick.[1]

Hinne Schult let nu sine Armee in Putlitz un reis'te för sick allein nah Dörchläuchten up den Juden-

[1]Hir weit ick mi genau tau besinnen, dat de selige Eddelmann 'ne Anmarkung anbröcht hadd; wohrschinlich dormit de Ut-

barg. „So!“ säd hei, as hei bi em 'rinner kamm, „Putlitz hewwen wi.“ – „Schön“, säd Dörchläuchten, „äwer Sei warden mäud sin; setten S' sick en beten dal un denn vertellen S'!“ – Na, dat ded hei denn ok un vertellte, un sin Kriegsruhm gung dörch de Welt, un Dörchläuchten makte em taum Feldmarschall.
Nu regierte dunntaumalen in Egypten König Pharao; äwersten sinen eigentlichen Namen weit kein Minsch, denn 't was lang' för Manassen sine Tiden. De kreg nu von Hinne Schulten tau hüren, un sine Pyramiden-Preisters hadden em prophenzeiht, wenn hei Hinnne Schulten nich as öbbersten General anstellen ded, denn läd hei in den Nettel; un so schickte denn König Pharao 'ne egyptische Pyramid[1] as Gesandten mit en Breiw an Dörchläuchten nah Meckelnborg:

Ew. Liebden
haben in Ihren so glücklich situierten und durch Ihren hochseligen Herrn Vater so glücklich dividierten mecklenburgischen Landen einen Mann – man

druck „äwergewen“ nich falsch utdüdt warden süll, hadd hei dorbi set't: sese dediderunt. – Nahsten hadd hei noch as afschreckend Bispill ut sine Schauljohren en por Fälle anführt, woans jo bileiwe keiner äwersetten süll, wil hei sülben doräwer jedesmal en por Mulschellen kregen hadd. – Dat einmal hadd hei nämlich äwerset't: Memnones sunt maritimi, „die Memnonen sind Ehemänner“, un dat annermal hadd hei äwerset't: Milites impleverunt silvam, et quisque centurio stetit pro agmine suo, „die Soldaten machten den Wald voll, und jeder Centurio stand vor seinem Haufen.“ – Dit äwersten möt ick för eine sihr gewissenhafte un saubere Äwersettung hollen; un worüm einer dorbi Mulschellen kriegen kann, is mi unbegriplich.

[1]Dit is en lapsus calami von den seligen Eddelmann, hei hett schriwen wullt: „einen egyptischen Pyramiden-***Preister***“, denn dunntaumalen wiren in Egypten de Preisters nich blot ok Diplomatikers, ne, sei wiren allens: Ministers un Avkaten, Doktors un Stadtrichters, Buentspekters un Hofmalers un Bildhauers. So klauk wiren s' äwer: mit Scheiten un Kriegsgeschichten leten s' sick nich in.

sagt, von plebejischer Abstammung, aber schad't ihm nicht –, den ich schön brauchen kann und von dem mir geweissagt worden, daß er, nommé Hinne Schult, den Ruhm Ägyptens über die höchsten Pyramiden erheben wird. Wir sind nämlich mit Unserm Herrn Bruder in Babylon wegen Grenzregulierung in der arabischen Wüste in bedenkliche Differenz geraten und denken ihn mit Krieg zu überziehn – car tel est notre plaisir. Unsere Feldmarschälle sind aber augenblicklich alle hellschen wackelbeinig geworden oder haben keine Examina gemacht; und darum bitte ich Ew. Liebden, mir den Nommé Schult auf einige Jahre zu pumpen. – Gehalt: Wir erlauben ihm in Unsere Schatzkammer zu gehn und sich dort zwei Eselslasten Schätze einzuhändigen. – Ehrenbezeugungen: Wir werden fördersamst einen Obelisken anfertigen lassen, auf dem er und seine zukünftigen Heldentaten in dem hier gebräuchlichen costume abgebildet werden sollen. Zu Dienst und Gegendiensten nach Auskunft Unserer früheren Allianzverträge bereit

Ew. Liebden

in großer Not sich befindender
König Pharao

As Dörchläuchten Gomer desen Breiw lesen hadd, kniffte hei em tausam un säd tau den Pyramiden-Preister: „Worum nicht? Es ist mich jedesmal ein großes Plesier, wenn ich meinen Herrn Bruder Pharao gefällig sein kann." Un hei let Hinne Schulten raupen und säd: „Wir sünd dir in Gnaden gewogen; aber du kannst einen neuen Glanz auf Unser geliebtes Vaterland smeißen, wenn du Babylon eroberst. Gah mal hen, Hinne, wis' em dor mal, wat 'ne Hark is! Äwer täuw dor nich tau lang', wi möten nahsten noch Pritzwalk unnerjochen. Un – un" – hir satt hei in deipen Bedenken – „un, Hinne, nimm di en Armvull von uns' lütten Junkers mit nah de egyptische Armee, dat sei so bi Lütten ok de Heldentaten lihren. – Süh, du wardst nu ok all olt un haddst verleden Frühjohr den ollen eklichen Haust. Wir als Landesvater müssen aber dafür sorgen, daß die Heldentaten in Unsern Landen erblich werden, und zwar nicht im bürgerlichen, sondern im adligen Stande – du büst 'ne Utnahm, Hinne –, dieweil es ein vor Gott und Menschen gerechtfertigter Wunsch is, daß sich Unsere Ritterschaft auch in ritterlichen Tugenden auszeichnet – de börgerlichen Ritter mein ick dor nich mit. – Nu gah, Hinne, un bring' de beiden Esellasten mit un, wenn't mäglich is, ok den Obelisken, denn – täuw' mal, wo seggt min Herr Bruder Pharao noch so sihr schön?" Un hei slog den Breiw wedder utenanner: „Ja, hir steiht 't – car tel est notre plaisir."

Hinne Schult un mit em de lütten Junkers gungen nu also nah Egypten. Hinne Schult föll nu verdull äwer den Suezkanal – d.h. den ollen, de ni[ge] was dunn noch nich – un äwer dat steinige Arabien in Mesopotamien in un namm Babylon mit meckelnbörgsche Kriegslisten, wat weck Geschichtsschriwers nich recht glöwen willen, indem dat sei seggen: von Listen wir äwerall in Meckelnborg nich vel de Red'. – Hei namm't äwer un grep sick den dunnmaligen König Bel tau Babel, den säbenuntwintigsten sines Namens, de grademang von Belborg un sine Sippschaft afstammte, let em binnen, wil 't Undirt tau unbännig was, un kamm mit dit saubere Present un de beiden Esellasten – den Obelisken wullen sei em nahschicken – nah Meckelnborg vör Gomern sinen Paleh. Äwer Gomer was nich mihr; hei hadd up de Letzt säben Dag' un säben Nächt slapen, bet dat em tau 'ne Gewohnheit worden was, un hadd so wider slapen, bet hei nich mihr upwakt was. As hei storben was, makte de dunnmalige Hofpoet en Heldengedicht in virbeinige Jamben un gaww em dorin den Ihrenbinamen „Slummerkopp".

Nah em kamm sin Sähn Askenas, von den wider nicks nich tau vertellen is, as dat sick unner sine

Regierung mit Hülp von de lütten meckelnbörgschen Junkers, de an den Nil Kriegsdeinsten deden, en enger Verhältnis tau Egypten utbilden ded[1] un dat de steinernen, massiven Grundsätze von de egyptische Regierung unner den Namen „Kasten“ in Meckelnborg inführt würden. As de irste Kast würden tau dunnmalen de Preisters taxiert, un irst de tweite was de Ridderschaft. – „Gottlob!“ röppt hir de selige Eddelmann ut, „nu sünd *wi* de irst, un de Preisters sünd de tweit un möten dauhn wat *wi* willen.“

Unner Askenassen sine Regierung sturw denn ok – olt an Johren un rik an Ihren – de brave Feldmarschall Hinne Schult. Den Ihren-Obelisken[2] ut Egypten hett hei äwer seindag' nich kregen, denn de lütte Junkerschaft in Egypten hinnerdrew dat un makte uterdem bi Askenassen vörstellig, dat von nu an doch kein Börgerliche tau so'ne grote Ihren upfödd warden süll, de von Rechtswegen blot för de Ridderkast bestimmt wiren. Askenas gung dorup in un makte dat taum Landsgesetz. – Hinne Schult tog sick in de letzten Lewensjohren ganz von de öffentlichen Geschäften taurügg un bugte sick an den Malchiner See 'ne Borg, de hei “Borg Schulz“ näumen ded; ut „Schulz“ würd mit de Tid „Schilz“ un ut „Schilz“ „Schliz“. Wil dat hei nu den groten Obelis-

[1] Grad' as dat nu mit Östreich is, blot dat Pharao vel mihr Geld hadd as de Kaiser von Östreich un dornah ok Traktementen betalte. De Heldentaten mägen sick äwer woll so tämlich glik bliwen.

[2] Wenn doch de Herr Perfesser Brugsch oder süs en anner von de Herrn Egyptologen un Hieroglyphen doch en beten dorup passen wull, denn wir dat doch mäglich, dat nah 4000 Johr doch noch de Schulten-Fomili in Meckelnborg desen Ihren-Obelisken kreg. Wo hei steiht, weit ick nich; hei is äwer doran tau erkennen, dat de Hauptperßohn dorup 'ne stuwe Näs' hett un en meckelnbörgschen Kringel in sin Wapen führt, wil dat sin Urururöllervader tau de Tid von de Sprakverbisternis tau Babel en riken Bäcker an den Mark was.

ken ut Egypten nich kreg, argerte hei sick, let sick dat äwer nich marken un läd sick en Lustgoren an; äwer dat Gedächtnis an den groten Obelisken späukte doch sihr in em, un wil hei den groten nich hewwen kunn, bugte hei sick luter lütte un stellte sei in sinen Lustgoren.[1]
Nah Askenassen kamm Japhet II., dorup Japhet III., dorup Japhet IV. un so wider bet up Japhet XV. Von de annern Japhets is rein gor nicks tau seggen, wil dat de ein ümmer dörch Regierungsreskripten dat wedder taurügg namm, wat de anner anordniert hadd, so dat einer tauletzt gor nich mihr weit, wer den Verstand un wer den Unverstand von de Sak hatt hett. De selige Eddelmann seggt utdrücklich: „Hier ist eine Lücke in der Geschichte und somit auch in der Verfassung, denn diese beruht durchaus auf historischem Boden"; hei seggt dit up hochdütsch un deiht dat jedes Mal, wenn em irnstliche Bedenken upstigen. Dit was nu äwer ok bi Dörchläuchten Japhet den XVsten de Fall, hei let also sine Ministers des Nahmiddags Klock twei taum Koffe tausamkamen un höll ehr 'ne Red': „Meine Herrn Ministers, ich habe Ihnen zusammenkommen lassen. Herr Minister des Auswärtsigen, neh-

[1]Dese Sak is richtig, denn ick heww all dese ollen lütten Obelisken noch seihn. Up den einen stunn in egyptische Hieroglyphen de Inschrift: „Licht, Kraft! Dem König Pharao, der ägyptischen Priester- und Ritterkaste, ihnen verdanke ich sie." Also de Preisters dat Licht un de Ridders de Kraft. 't was dunn just so as nu. – Up den annern stunn en Offeziersdegen, de an 'ne Ked' leggt was, wil em de Bristowschen Jungs vördem ümmer stahlen hadden, un dor stunn up tau lesen: „Ruhe hier aus, wackerer Flammberg, der du in fernen Nilländern in meinem Portepeh gestochen hast!" – De drüdde was en Obelisk in Gestalt von einen Wegwiser, un dor stunn up: „Nach Ägypten 453 1/4 Meilen", un up de annere Sid: „Nach Teterow 3/4 Meilen." – 't is mäglich, dat sei noch stahn, un wenn sick de Herr Archivrat Lisch man halw so gaud up Hieroglyphen as up „Pfahlbauten" versteiht, denn künn hei sinen Faats dor maken.

men Sie sich Rohm – weit der Deuwel, de 's all wedder sur. 't kümmt von dat oll Gewitter hüt morrn, 's ist ein Übelstand – und grade wegen verschiedener Übelstände, die sich in meinen Landen, ja sogar in mein durchlauchtigstes Haus eingeschlichen haben, habe ich Sie zusammenberufen. Aber nicht [nur] die augenblicklichen Zustände bewegen meine Seele, sondern auch die zukünftigen, denn mein Blick geht weit. Nun sagen Sie aber, was soll daraus werden, wenn Wir so mit dem Namen Japhet in Unserm Hause beibleiben? Wir und Unsere durchlauchtigsten ungeborenen Nachkommen kommen ja in dieser Weise bis auf Heinrich den LXXIVsten von Reuß-Lobenstein. Wie sollen aber spätere Geschichtsschreiber Unsere und Unserer durchlauchtigsten Vorfahren und Nachkommen Geschichte wahrheitsgetreu und würdig schreiben können, wenn – wie es auf der Hand liegt – allerlei verdrießliche Verbiesterungen zwischen Japhet den LXIVsten und Japhet den LXXIVsten vorkommen? Diesen Geschichtsschreibern, diesen würdigen Männern zu Liebe, von denen Unser gutes Renommée eigentlich abhängt, haben Wir beschlossen, daß von jetzt an keine mecklenburgischen Durchlaucht mehr auf den Namen Japhet getauft werden soll. Wir werden demnach fördersamst zu Unserm Herrn Bruder Pharao nach Ägypten reisen und Uns dort über den dort herrschenden Dynastienkram instruieren, auch mit allem Fleiß diese wichtige Frage studieren." – „Herre Jesus", säd de dunnmalige Hofmarschall un stödd den dunnmaligen Minister „des Hauses" in de Rippen, „dese deipe Weisheit!" – „Ja, kosten ward't wat", säd de; un de Minister von de utwartsigen Angelegenheiten säd: „Schön, Dörchläuchten, äwer Sei möten inconito reisen, as Graf von Criwitz, süs giwwt dat 'ne entfahmte Schriweri." – Dunn tred de dunnmalige Direkter von den Patriotischen Verein vör, de dunnmalen noch tau dat Minister-Gremium hürte – wat nu wedder ganz anners is, indem dat up „patriotsch“ nich mihr gewen ward –, un säd: „Dörchläuchten, wenn Sei nah Egypten denn doch einmal reisen willen, dauhn S’ mi den Gefallen, reisen S’ äwer Mesopotamien. Dor sall en ollen Judenerzvader assistieren mit Namen Abraham, de sall dor Wunnerding’ mit de Schapweid’ upstellen un sall de Holsteinsche Koppelwirtschaft, elben Släg’ un drei Saaten, inführt hewwen.“ – „Ja“, rep de Minister von de inwartsigen Angelegenheiten, „un hei sall en Patriarch sin. Dörchläuchten, studieren S’ de patriarchalischen Taustän’n dor en beten genauer! Dat wir en Glück, wenn wi de so bi uns landlöpig maken künnen! Denken S’ sick blot, wenn nu so bi uns jeder Landdrost in sinen Amt, jeder Ridder up sinen Gaud, jeder Burmeister in sine Stadt en Patriarch wir! Denken S’ sick, dat denn dat Ganze mit en lütten Ruhrstock un mit de mildesten patriarchalischen Prügel regiert warden künn! Denken S’ sick dat schöne idyllische Bild, wenn so’n Ridder-Patriarch des Morgens upsteiht, sinen Koffe drinkt, sinen Äwertrecker antreckt un unner den sick sin lütt patriarchalisches Ruhrstöckschen knöpt un nu unner sine kindlichen Daglöhners un Kotsassen trett un mit ’ne lütte väterliche Hand- un Stock-Bewegung hir un dor en beten tau de Arbeit upmüntert oder hir un dor en loses Mul stoppt – weinen müggt ick, vör pure Rührung weinen, Dörchläuchten! – Un nu denken S’ sick, bi swore Verbreken: wenn de lütte hübsche Wirtschafterin nich dauhn will, wat de Patriarch ehr heit; wenn de Wirtschafter för sin Pird ’ne Matt Hawern mihr giwwt, as hei sall; wenn de Kannedat tau den lütten Patriarchensähn ‚dumme Jung‘ seggt – wenn denn en Gerichtsdag afhollen ward, wo de Patriarch presidiert, de Smidt ut den Dörp Akzesser is un de Gärtner dat Protokoll führt, wo erhaben kindlich ward sick dat utnemen! – Äwer dit is jo natürlich blot de Schattensid, wil dat hir blot von de ungehursamen Kinner de Red’ is; nu denken S' blot, wenn de patriarchalische Gehursam irst ordentlich in'n Swung is! Dörchläuchten, denn känen Sei dat Landarbeitshus in Güstrow, dat Kriminalgefängnis tau Dreibargen un de ganze Festung Däms ingahn, un dat sei nich leddig stahn, känen Sei dor noch drei adlige Jungten laten. – Un nu denken S' sick mal dit schöne Bild: De Patriarch hett grad' mit sine Fomili tau Middag afeten, hei hett Rehbraden hatt, hett sinen Rodwin dortau drunken un is in 'ne beglückende Stimmung. Fru un Kinner sünd 'rute gahn, un dat Stuwenmäten kümmt 'rinne taum Afdecken, 't is Fiken Brümmers, 'ne lütte nüdliche Dirn von achtteihn Johr; de Patriarch geiht an ehr 'ranne un seggt tau ehr so recht väterlich: ‚Fiken, wat büst du för 'ne lütte nette Dirn! Süh, ick bün din Herr un Patriarch, un ick gew di den Rat, lat di mit den Bengel, den Jochen Smidten, nich wider in, denn de kriggt in sinen Lewen kein Hüsung bi mi. – Hir hest en Daler, Fiken!' – un hei strakt ehr äwer un seggt tau ehr, wil dat hei Schillern lesen hett:

‚Nimm dieses preußsche Talerstuck!
Gehorsam ist der Christin Schmuck;
dein Herr verlangt in seiner Größe
Von deiner schwachen Knechtesblöße,
Zu bändigen den eig'nen Willen,
Der Pflichten schönste zu erfüllen.'

Un as hei sinen Koffe drunken hett, geiht hei dörch dat Dörp, un all de lütten Gören lopen achter em her un seggen ‚Papa' tau em. Dörchläuchten, wo rührend! – Un nu dat Best: bi all dese glückseligen Taustän'n nicks von Schriweri, nicks ward denn mit de Fedder, allens mit dat lütte Stöckschen besorgt. Dörchläuchten bruken gor nich tau fragen, wenn Sei en Beamten anstellen, wat hei ok schriwen kann, Sei kiken em blot nah de rechte Hand un Arm, laten en lütten Stratenjungen oder en Deinstmäten oder en ollen Daglöhner 'ruppe kamen, un de taukünftige Beamte kann glik sinen Examen doran afleggen. – Dat Kriminalgericht un de Oberkirchenrat känen ingahn, denn hett einer woll dorvon hürt, dat in dat Paradis en Kriminalgericht oder en Oberkirchenrat west is, hett Moses dorvon schrewen? Un en tweiten Paradisgoren ward Meckelnborg denn, ‚das wiedererweckte Paradies' oder ‚paradisum redivivum'. – De Kammerkann in-gahn, denn Domänen warden denn nich mihr verpacht; de Beamten-Patriarchen bewirtschaften denn mit Lichtigkeit, jeder sin Amt, von ehre Stuw ut. – De Regierung kann ingahn, denn dor is jo denn nicks tau regieren, de Patriarchen besorgen dat jo. Ja, Dörchläuchten, sülwst wi Ministers känen ingahn. Sei känen uns pangsionieren laten, dat heit mit uns' vull Gehalt, denn dat wi in so'n Paradis Hunger liden sälen, warden Sei nich verlangen." – „So?" unnerbrok hir Dörchläuchten ganz spitz den Vördrag von sinen Minister, „un denn künnen Wi sülben ok woll ingahn?" – Dat was 'ne entfahmte Frag' von Dörchläuchten; äwer de Minister was ehr wussen: „So is dat nich meint", säd hei, „Hoch Sei känen wi gor nich missen, Hoch Sei sünd de Knop up den Büdel, de Hahn up den Kirchtorm; denn wenn in ganz Land Meckelnborg unner dese patriarchalische Wirtschaft alle Dag' Festdag is, möt wi doch ok en Objekt hewwen, wat fiert ward, un dat möten Hoch Sei sin, Dörchläuchten. Hoch Sei warden de Oberpatriarch un laten sick en langen witten Bort stahn, smiten sick alle Morgen in en langen witten Tolor un wandern af un an eins mit en Lurbeerkranz up den Kopp un en langes spansches Ruhr mit en gollen Knop in de Hand dörch Ehr Reich, üm de unschülligen Patriarchenkinner tau erquicken, un nemen den Titel ‚pater patriae' an; Hoch Ehre Fru Gemahlin lett sick denn ‚mater matriae' nennen – ick weit woll, dat dat slicht Latin is, äwer't rimt sick so schön. – Ne, Dörchläuchten, so was't nich meint, Hoch Sei känen wi nich missen. – Äwer de verfluchten Avkaten, de känen all ingahn. Worüm sälen de Kirls nich in en kindlich patriarchalisches Verhältnis tau de Burmeister-Patriarchen treden? – Ok de Dokters känen taum grötsten Deil ingahn, denn för dat kindliche Volk bruk wi denn kein mihr, dat ward mit sure Melk un Tüften un annern gesunnen Affall upfödd, dat sick dat den Magen nich äwerfüllt; blot för de Patriarchen bruken wi en por von de Ort; äwer dat möten so'n sin, de sick up Unverdaulichkeiten verstahn. – Also, Dörchläuchten..." – Hir unnerbrok em äwer Dörchläuchten wedder: „Minister des Inwärtsigen, halt! Ich werde Ihnen meinen Leibarzt schicken, denn Sie leiden an einer gefährlichen Krankheit, an einer Diarrhöe, an der Mauldiarrhöe, und wenn ich das Ende Ihrer Expektorationen und Explosionen abwarten wollte, so würde aus der ganzen vorhabenden Reise nichts werden. – Wir werden Uns Ihre lieblichen Bilder durch den Kopf und Ihre Vorschläge zu Herzen gehen lassen – mit dem spanischen Rohrstock und dem Titel ‚pater patriae' und ‚mater matriae' sind Wir noch nicht ganz einverstanden und werden Hochselbst vielleicht in nächster Zeit einige Modifikationen eintreten lassen. Daß patriarchalische Zustände in Unsern Landen eingeführt werden müssen, liegt auf der Hand, und werden Wir Uns fördersamst bei dem alten braven Abraham nach den praktischen Erfolgen dieser genialen Eirnichtung erkundigen. – Da Sie aber, Herr Minister des Inwärtsigen, Unser Herz mit schönen landesväterlichen Bildern und kindlich-patriarchalischen Visionen erfüllt haben, so wollen Wir in Unserer Hohen Gnade Uns dankbar beweisen: Sie erhalten das Großkreuz des kleinen Rohrstock-Ordens, am braun un blau gewässerten Bande auf dem Puckel zu tragen, ferner ernenne ich Sie zum Minister des Geistlichen und der Medizinalangelegenheiten mit Trau- und Taufformeln, mit Maulfäule und Klauenseuche, mit Schafpocken und Hebammen. Sollten Sie in Ihrem neuen Dikasterium in irgendwelche tiefe Zweifel verfallen, so wird mein hoher Oberkirchenrat dieselben leicht lösen können. Derselbe ist expreß für geistliche Zweifel angestellt, mengt sich auch in andere Dinge, die ihn nichts angehn. – Und nun, meine Herrn, leben Sie wohl, leben Sie sehr wohl!" – Hei wull nu weg; äwer de Direkter von den Patriotschen Verein tred vör em tau – de Kirl hadd den Hoftakt nich –: „Üm Vergewung, Dörchläuchten, seihn S' en beten nah, wat Abraham de holsteinschen Knicken inführt hett. Ich weit woll, dat Dörchläuchten kein Tid tau so wat hewwen; äwer Sei hewwen jo de Herrn Kammerherrn, de künnen uns woll en beten Nahricht doräwer gewen." – „Dat seggen Sei woll, Herr Direkter, äwer *de* Ort is ok grad' nich sihr up de Arbeit un för Schriwen äwerall nich, de is mihr för den Staat – hir verstah mi äwer einer recht, ick mein hir nich em, den Staat; was haben Wir mit dem Staat zu tun? L'Etat c'est moi! Ick mein den Staat. – Wir sind aber jedennoch von Unserm hochseligen Herrn Vater, Japhet XIV., so einfach erzogen worden, daß Wir bei Unserem Lever nur einen Kammerjunker und einen Stiefelknecht gebrauchen. Kammerjunker von Fliegensnäpper, machen Sie sich parat, in 'ner Stunde reisen Wir, und daß Sie mich nicht so dämlich in die Welt hineinkucken, Sie sollen was *bemerken*. Leben Sie wohl, meine Herrn, die Geschäften werden hoffentlich ohne mich ebensogut gehn." Dormit gung hei ut de Dör un nah Egypten. „Dunnerwetter!" säd de Direkter von den Patriotschen Verein un lep achter em her: „Dörchläuchten!" – Je ja, je ja, uns' Dörchläuchtens sünd nich so von ollen Ihrgistern, de gahn up allens glik mit en stiwen Gelenk los, un so was denn nu uns' Dörchläuchten all fläuten gahn, un de Herr Direkter von den Patriotschen Verein stunn baben up den Judenbarg bi Stirnbarg, kek unsern leiwen Landsherrn sine Achtersid an, slog sick vör den Kopp un rep: „Ick bün tworst Direkter, äwer in den Ogenblick stah ick hir as en Hans Narr. Wat! En meckelnbörgschen Kammerjunker sall ut Mesopotamien an uns berichten? – Herr, sei uns in Gnaden gewärtig!“

Nah annerthalben Johr kamm Dörchläuchten wedder nah Meckelnborg taurügg, un as hei sine leiwe Fru „gun Dag“ seggt un sick de Pantüffel antreckt hadd, kamm hei in sinen Ministerrat. Ganz ahn allen Hoftakt fohrte nu de dämliche Direkter von den Patriotschen Verein up em in un frog: „Dörchläuchten, hewwen Sei den ollen Abraham seihn?“ – „Leider!“ säd Dörchläuchten von Meckelnborg, un ’ne rechte, fette, dicke Tran smerte sick so sachten äwer sine nüdliche Back. – „Leider!“ säden ok de Herrn Ministers, äwer de Tran kregen sei nich fahrig. – „Worüm denn ümmer ‚leider‘?“ frog de Herr Direkter von den Patriotschen Verein. – „Kammerjunker von Fliegensnäpper, berichten Sie mal, mich wird es zu swer“, säd Dörchläuchten, un von Fliegensnäpper tred vör. Hei sach ganz egyptisch ut, hadd en roden Fez mit blage Quasten up un hadd sick de olle ihrliche blage meckelnbörgsche Jack hin’n un vör mit egyptische Hieroglyphen verzieren laten; ok de Hosen hadden wat afkregen, un up sin kümmerliches Hinnerdeil stunn düdlich tau lesen: „Ich liebe Dich! Deine Semiramis.“ – „Meine Herrn“, fung hei an, „wir reisten über Grabow und Parchen, kamen dann in die neueroberten Lande Putlitz und Pritzwalk und dann in bisher unbekannte Gegenden, die augenblicklich noch nicht zu Mecklenburg gehören, bis wir so pöh ah pöh gegen Perleberg herankamen, wo, wie ich bemerkte, unsere Durchlaucht die hohe Gnade hatte, eigenhändig siebzehn Krammetsvögel zu verzehren, benebst einer Assiette mit Apfelmus.“ – „Herr von Fliegensnäpper“, fohrte nu unsere fründliche Landsherr tau Höchten, „Sie sünd in meinen durchlauchtigsten Augen ein Dröhnbartel, haben Sie die Güte und halten Sie Ihr Maul! Wir wollen nicht zum zweiten Mal alle Speisezettel durchessen, denn zu den wiederkäuenden Tieren gehören Wir – gottlob! – noch nicht. Wir werden selbst berichten. – Meine Herrn Ministers, Wir sind glücklich in Mesopotamien angekommen. Mein Freund Abraham nahm Uns in seiner Art recht freundlich auf, und um Uns ein Zeichen seiner großen Hochachtung zu erweisen, jagte er an selbigem Abend sein liebenswürdiges Kebsweib Hagar mit dem kleinen Ismael in die Wüste. Dadurch gewann er sich Unser meckelnburgisches Herz, denn Wir sind durchaus nicht für Kebsweiber. Was? Ein richtiger Meckelnburger und denn Kebsweiber?! – Na, Sara, was seine angetraute Ehefrau war, ging Uns denn nun mit schöne dicke Milch unter die Augen – grob Brot mit Zucker übergestreut, denn sie wußt' es, wo Wir's gewohnt sind. – Als Wir nun gegessen hatten, sagte Abraham zu mir: ‚Komm mal en bischen raus!' – Na, ich geh auch: ‚Was willst du?' – ‚Meinen Sohn Isaak slachten.' – Na, ich denke, das wird bloß so eine wohlriechende Redensart sein, wie meine Herrn Kammerjunkers for gewöhnlich gebrauchen, und geh mit ihm. – Da führt mich dieser alte Judenpapa auf einen hohen Berg hinauf, und da steht ein von gewöhnliche Dannenknüppel aufgebauter Altar. Mein Freund Abraham pust'te unten, daß er ihn in den Brand kriegte, und da nimmt er seinen einzigsten Sohn – en nüdlichen Jungen, hat den Abend vorher auf meinen durchlauchtigsten Knien gesessen – und will ihm den Hals abschneiden. – ‚Büst du denn rein verrückt?' segg ick, ‚Abraham!' – ‚Ad majorem dei gloriam!' röppt hei. – ‚Na, dit's en schönen Besäuk!' raup ick un krieg em denn ok glik in de Bost tau faten, ‚Isaak', segg ick, ‚retürier!', un de oll lütt Jung' was denn ok so klauk un lep den Barg hendal tau Mutter Sara. – Nu weit ick recht gaud, sei hewwen nahsten seggt, dor wir en Buck kamen; dat's äwer nich wohr, de Buck was ick. – Ick säd tau Abrahammen die bemerkenswerten Worte: ‚Büst du denn rein verrückt?!' – Hei schämte sick denn ok un slog in sick; un de Tran, de mi vörhen so sachten de Back dal lep, rohrte ick wegen de ogenblickliche Geistesverwirrung, de äwer em kamen was, denn nahsten was hei ganz verstännig un wis'te mi sin Veih un sine Weidwirtschaft; äwer sine ganze Inrichtung paßt nich för Unsere Lande. – Koppelwirtschaft un Knicken hett hei nich – denn bi em geiht Gottswurd äwerall. Dat sall äwer nich in minen Staaten äwerall gahn, un wat uns' Herrgott Slichtes inricht't hett, sall nich äwer Unsere Grenzen laten warden, un deßwegen grad' hewwen Wi Unsern hohen Oberkirchenrat inset't, dat hei 'ne passende Utwahl von de göttlichen Gesetzen un Gotteswurd utfünnig makt, so as sei för Unser Land passen deiht." – „Äwer, Dörchläuchten", rep hir de dämliche Direkter von den Patriotschen Verein, „Gottswurd *möt* doch äwerall gellen." – „Herr Direktor", säd Dörchläuchten Japhet XV. un red'te en Wurd Hochdütsch mit den Mann, „daraus ersehe ich Ihren Unverstand. Sie sind doch auch mecklenburgischer Gutsbesitzer, wie würde es Ihnen gefallen, wenn Gottswort überall ginge, wenn Ihr Nachbar seine Schafe in Ihren Weizen jagte oder wenn Sie alle Armenverordnungen aus dem Alten und Neuen Testament auf Ihrem Gute einführen wollten? Kriegten Sie dann wohl die Hand aus dem Geldbeutel heraus?" – „Ne", repen de Herrn Ministers hir alltausamen, „dat Slichte von Gottswurd känen wi bi uns unmäglich inführen."[1] – „Also", säd Dörchläuchten wider, „mit den Einrichtungen und mit den patriarchalischen Zuständen, wie sie unser Herrgott für Abrahammen eingerichtet hat, ist es nichts; dabei is weder Unsere spezielle meck-

[1]Männigein, namentlich de framen Gemäuter, ward hir seggen, so'n dämlichen Snack hadd Dörchläuchten un sine Ministers nich seggen künnt. – Ick acht un ihr so'ne frame Meinung, un

lenburgische Verfassung noch Unser Oberkirchenrat zu Rate gezogen. Wir lassen also dieses ideale und hochpoetische Patriarchentum in Mesopotamien gänzlich fallen und wenden Uns nach Ägypten. Das ist ein anderer Schnack, da steht man auf realem Boden. – Wir verordnen also: 1. Der Dynastienkram von Ägypten wird in Unser durchlaucht Haus eingeführt – nähere Bestimmungen darüber

doch möt ick seggen, dat ick an de richtige Vertellung von den seligen Eddelmann glöw. Denn worüm? – De Sak is nahsten noch einmal passiert, un dat was nich so von ungefihr mit so'n profanen dörchläuchtigsten Herrn; de Sak was mit einen allerheiligsten Kunsterjalrat, nämlich so: Tau den ollen Friedrich Franz I. sine gesegneten Tiden lewte in Meckelnborg en gottseligen Preister mit Namen von Amsberg, de hadd mit sine Vokation as Preister noch allerlei ridderliche Tugenden in sin Amt 'räwer nahmen, vör allen de Häunerjagd. Un as hei nu eines Dags dit ridderliche Geschäft besorgen will, kamen em des Sünnabendsnahmiddag den Kirchstieg entlang sine Bichtkinner ut sinen Filial entgegen un seggen tau em: „Herr Pastur, wo ward 't äwer nu? Wi sälen jo tau Bicht kamen." – „Kinder", seggt hei, „die Erde ist allenthalben [des Herrn], kamt, set't jug hir in den Graben!" Un sei set'ten sick dal, un hei verhürt ehr dor de Bicht. – Na, so wat kunn jo nu denn doch nich gahn; en frame Amtsbrauder makte denn ok furtsen de heimliche Anzeig' bi dat Kunsistorium, un de Herr Pastur würd wegen sin grugliches Verbreken vörkregen. Na, hei verdeffendiert sick so gaud, as hei kunn, un säd, uns' Herr Christus hadd dat ebenso makt, de hadd ok up frien Fell'n un up de Barg un in de Grün'n predigt. Dunn tred äwer, wat de Öbberste was, de Herr Oberkunsterjalrat Peiter von Kastner vör un säd: „Herr Pastor, was unser Herr Christus Gutes getan hat, sollen wir nachahmen; aber was unser Herr Christus Übels getan hat, sollen wir nicht nachahmen." – Un de Paster von Amsberg sprung ut de Dör un rep: „Bin ich hier unter Heiden, oder stehe ich vor einem christlichen Konsistorium?" Un dormit was de Unnersäukung tau En'n; äwer de oll Großherzog Friedrich Franz hadd dat tau weiten kregen, un as hei eins Dags vör sinen Speigel stunn, dat hei sick balbieren wull, un Peiter von Kastner, de Oberkunsterjalrat, sick bi em anmellen let un intred, dreihte hei sick üm un wis'te em sin schönes, mit Sepschum insmertes Gesicht, böhrte den Finger vör em tau Höcht un säd: „Petrus! Petrus! Du hast deinen Herrn verleugnet!"

werden demnächst folgen. 2. Die Bevölkerung des Landes wird in Kasten eingeteilt, die Priesterkaste ist die erste, die Ritterkaste die zweite, und bei der ferneren Einteilung kann man die mecklenburgische Rangordnung zu Rate ziehen. 3. Es wird eine Pyramide gebaut, in welcher der Oberkirchenrat seine geheimen Sitzungen hält; bei Todesstrafe ist es verboten, ihn darin zu stören oder seinen Geheimnissen auf den Grund zu kommen. – Herr Hofmarschall, lassen Sie die sämtlichen Kammerherrn und Kammerjunker und alle Lakaien zusammenkommen, sie sollen das kleine Tannenwäldchen drüben über den Bach eng umstellen, damit Wir nicht gestört werden, denn Wir denken Uns dahin zurückzuziehen, um über die Dynastien nachzudenken."

Dormit let hei sine Ministers utenanner gahn, un hei sülben gung in dat lütte Dannenholt un läd sick unner 'ne grote Dann un kek in de blage Luft. Un dat ganze Dannenholt was eng ümstellt, un de Hofmarschall makte de Rund' un säd ümmer: „Psch!", un all tausamen säden: „Psch!", un as en oll Daglöhnerwiw mit 'ne Kohr vull Sammelholt ankamm, fohrte de Hofmarschall up ehr los un rep in en utdrücklichen Flusterton: „Ich habe schon dreimal gepscht, und Sie hört nicht darauf!" – „Dat is mi ganz egal", säd dat entfahmte Wiw, „pschen S' man ümmer wider, min Mann will sin Middageten kakt hewwen, un dat Holt dortau möt ick mi sammeln." – Un de Hofmarschall gung bi Sid in en Dannenbusch 'rinne un slog sick vör de Bost un säd: „Gott sei mir Sünder gnädig! – Ick heww irst en lisen Twifel an Dörchläuchten sine Weisheit hatt, as hei dat Patriarchenwesen so slankweg von de Hand wes'; äwer de Weddersetzlichkeit von dit Wiw wis't mi düdlich, dat dat bi uns nich upkamen kann."

Wildeß lagg Dörchläuchten unner de grote Dann un kek in de Luft, un swore Gedanken treckten dörch sinen Kopp. Un as hei so de lange Dann entlang

kek, säd hei: „Hogenbomus", un as hei nipper taukek, würd hei en Kreihennest in den Bom gewohr, un hei säd: „Kreihnestus", un as de oll Kreih ut dat Nest wegflog, säd hei: „Kreihutis", „Nestleeris". – Un dese Redensorten schoten em ümmer wedder dörch den Kopp, un hei stunn up un säd tau sick: „Wat sall ick mi hir noch länger termaudbarsten, dit sünd vir schöne Namen, as sei sick för 'ne Dynastie passen"; un hei tred unner sine Kammerherrn, Kammerjunkers un Lakeien un säd: „Wir nehmen von diesem Augenblick den Namen ‚Hogenbomus' an, Unser Erbprinz wird ‚Kreihnestus' heißen, Unser Erbenkel ‚Kreihutis' und Unser Urerbenkel ‚Nestleeris'. Damit ist die erste Dynastie geschlossen, und die neue fängt wieder mit ‚Hogenbomus' an. Dies ist von nun an Gesetz in Unserm Hause und in Unsern Landen."
Von nu an (dat selige Eddelmannsgeriww seggt dit utdrücklich) ward de meckelnbörgsche Urgeschicht vel klorer:

Irste Dynastie

Hogenbomus regierte noch förfötsch weg bet taum negsten Frühjohr, dunn tred em de Gall in't Blaud, wil dat sin Minister des Inwartsigen partutemang noch ümmer de patriarchalischen Taustän'n taum Vördrag bröchte. Hei würd grawen un kreg den Binamen „der Gründer".
Nah em kemen:
Kreihnestus. Hei was en swacken Regent. Unner sine Regierung würd äwer de Pyramid fahrig un feierlich mit Illumination, Fackeltog un witte „Jungfrauen" inweiht. Den Dag dorup treckte de hoge Oberkirchenrat mit Fru un Kinners dorin un höll sine geheimen Sitzungen. Wenn hei sine *geheimen* Sitzungen besorgt hadd, läd hei Dörchläuchten ok in, un de kreg tau weiten, wat hei för gaud höll. Dörchläuchten würd denn allerlei inbild't, un hei

glöwte ok allens, weswegen hei, as hei sturw, den Binamen „der Glaubensheld“ kreg un wegen sine „Glaubenskräftigkeit“ in de Pyramid biset't würd. De Oberkirchenrat wull em eigentlich inbalsamieren, wil hei dit äwer noch nich recht verstunn, so würd Dörchläuchten „Glaubensheld“ blot insolten.
Kort vör sinen Dod hadd dese brave Herr noch 'ne besondere Freud': Abrahammen sin Enkelkind, Jakob, mit den Binamen „Gisroel“, schickte em wegen sinen ochsbändigen Globen 'ne Leddertram von de Ledder, de hei sülben in'n Drom seihn hadd.[1]
Kreihutis, mit dem Binamen „der Forsche“, was en dullen Christ un 'ne Ort von Wüterich, hei jog de Landstän'n utenanner, how de ganze Verfatung up un führte staats dessen för de Frugenslud' in den ganzen Lan'n de roten Strümp in, dat hei sin Vergnäugen doran hewwen wull. Unner sine Regierung kamm denn ok de unglückselige, ruge Esau nah Meckelnborg, meld'te sick bi Dörchläuchten un vertellte em de niederträchtige Geschicht von wegen dat Linsengericht. „Hür mal, Esau“, säd Dörchläuchten, „obschonst ick en Wüterich bün, jammerst du mi doch; äwer en Schapskopp büst du west un wardst ok woll bliwen. Da Wir aber die moralische Verpflichtung haben, für die mißliebigen, weggejagten Söhne Unserer Herrn Brüder, Liebden, standesmäßig zu sorgen, so versetzen Wir dich in Unser Lustschloß Däms, wo du in Stille und friedlicher Abgeschlossenheit deine Linsen-Geschicht und -Gericht bereuen kannst. Die Aussicht ist dort

[1]Dese Leddertram ward hüt un desen Dag noch in de Doberaner Kirch wis't. Min Fründ Irnst Boll höllt sei för unecht; ick müggt woll weiten, wat Lisch un Masch dortau seggen. Ick för min Part weit blot so vel, dat ick sei för echt holl, un mit mi dauhn dat alle Framen in den Lan'n; weck hewwen sei sick ok all potographieren laten. – 't möt äwer en framen Potograph sin, denn süs verseggen de „Chemikalien“.

sehr schön, und wenn du dir Krempstiebeln anschaffst, kannst du ohne nasse Füße durch die Straßen lustwandeln, denn laut letzter Magistratsverordnung ist es den Bürgern bei 10 Talern Strafe verboten, vor den Türen Misthöfe auf den Straßen zu etablieren.[1] – Äwer, Esau, wat is dat för 'ne Wirtschaft bi dinen Herrn Brauder Jakob! Dor is Lea un Rahel un Bilha un Milha un Zilla un weit der Deuwel, wat noch all för Takeltüg; för en Erzvater, de de grote Ihr hatt hett, mit unsern Herrgott sülben sick 'rüm tau wrangen un sick de Hüft tau verrenken, is de Wirtschaft denn doch en beten tau stripig; und Wir werden in Unsern Landen fördersamst ein Gesetz ausgehen lassen, daß Königsmauer, Dammtorstraße und ähnliche liebenswürdige Etablissemangs, die an deinen Bruder Jakob erinnern, für Unsere Staaten in perpetuum aufgehoben sein sollen. Dies bestimmen Wir hiemit und verbieten, ob schon Wir mit dem Beinamen ‚Wüterich der Erste' benannt sind, daß kein allergehorsamster Untertan in Meckelnburg sich so erbärmlich betragen und

[1]Ick weit woll, Däms is nahsten nah dat Munster von Ehrenbreitenstein un Sebastopull tau 'ne Festung umbugt worden; äwer as ick dor tau En'n von de dörtiger Johren mine stillen Stun'n in „Abgeschlossenheit" verlewte, was dat noch en vullstännig Lusthus, un de olle brave Großherzog, Friedrich Franz I., sorgte dorför, dat uns de Tid nich lang' würd, hei schickte tau unsere Upmünterung allerlei pesierliche Lüd' as Leutnants dorhen, dat sei doch ehre Pflicht un Schülligkeit bi uns deden. – Min oll Fründ un Kamerad, de berühmte Röwerhauptmann Mehl, de in aller Unschuld halw Meckelnborg ansengt un en por fette Domänenpächters helw braden hadd, den sogar uns' Großherzog, Friedrich Franz I., nich nah Brunsilgen utwandern tau laten Veranlassung nahm, indem dat hei doch an dit Haupt- un Tafelstück sine sonderbore Freud' hewwen wull, un denn noch vir leiwe un fründliche Kameraden, de as Mürders dor seten un an jeden Geburtsdag von ehren Taten „neunundvirzig un einen" in Gegenwart von den Herrn Platzmajur Rodatz in de Jack kregen; wi alle weinten – Mehl un Gebke un Meier un Schult un Reuter –, as wi de schreckliche Nahricht kregen, dat wi nah

sich siebenmal vor Unsere Hoheit Dörchläuchten verbeugen soll, wie es der Schubbejack von Erzvater vor dir, seinem Bruder, getan hat.“ – Un hir unnerschrew hei sick: Kreihutis, genannt „der Forsche“, mit dem Beinamen „Wüterich der Erste“.
Up em folgte sin Sähn
Nestleeris. Dit gekrönte Haupt is ut de Weig' gor nich 'rute kamen, as hei so wid was, dat hei 'rute sull, sturw hei. Hei hett äwer doch von de Weig' ut 'ne sihr wichtige un schöne Verordnung erlaten, de hüt noch gelt. Nämlich, wil dat hei noch nich „Vadding“ un „Mutting“ seggen kunn, bestimmte hei, dat alle Kinner in den ganzen Lan'n tau ehr Öllern „Papa“ un „Mama“ seggen süllen, wil em dit läufiger was.[1]
Hei kreg den Binamen „der kleine Zappermenter“ un verfrigte sick per procuram von einen Herrn von Oertzen mit en Wickelkind von den dunnmaligen Herzog von Hinnerpommern, Perkun, dem Donne-

Dreibargen verset't warden süllen. – Mit mi namm 't en beter En'n; äwer min oll brave Fründ, de Röwerhauptmann Mehl, hett sine bläudigen Tranen weint, as hei Däms verlet un nu mit de schauderhaftigsten Verbrekers, mit Julius un Moritz Wiggers, mit den Avkaten Hane un den Senater Uterhart un all de annern, sogar mit den Kriminalrat Bolte, tau dauhn kreg. – Hir stiggt mi en weddersporigen Gedanken gegen de göttliche Weltregierung un ok gegen de meckelnbörgsche Regierung up: „Worüm“, frag ick, „hett de göttliche Weltregierung un de meckelnbörgsche Regierung den Herrn Kriminalrat Bolte nich vörher, worüm irst nahher verrückt warden laten?“

[1] Gegen so'ne dörchläuchtigste Verordnung möt doch bi jeden verstännigen Meckelnbörger de „alleruntertanigste Wut“ utbreken. – Wat? – Von dat Volk, wat am allerwenigsten en Verständnis von de Leiw tüschen Kind un Öllern hett, willt ji de Namen borgen, von de Franzosen? – Schämt jug un lat't jug Dirns un Jungs en langen Zopp hinnen inflechten; denn wenn sei mal recht fründlich sünd, denn warden sei tau jug seggen: „Pa-paing“ un „Ma-ma-ing“, oder ok „Ma-ma-king“ un „Pa-pa-king“, wat sick recht nüdlich „chinesisch“ anhürt, äwer sick doch gewiß nich för Meckelnborg paßt.

rer.[1] Unner sine segensrike Regierung begaww sick in Meckelnborg gor nicks, hei lagg in de Weig', un ganz Meckelnborg lagg bi em un horkte up dat, wat hei in sine kindliche Unschuld von sick gaww. Dat was nu grad' nich sihr vel; denn wat kann so'n dörchläuchtigste Regent in *de* Johren grot von sick gewen?

Äwer eins Dags tred de Minister von de utwartsigen Angelegenheiten vör de dörchläuchtigste Weig' un säd: „Durchlauchtigster, Hoch Sie werden keinen Begriff davon haben ..." – Dunn würd hei unnerbraken, denn de Oberkammerherrin müßte de hoge Dörchlaucht den Lutschbüdel gewen; hei würd nämlich mit gewöhnliche Kauhmelk upfödd, wat sörre de Tid in Meckelnborg stark Mod' worden is un weswegen hüt un desen Dag noch so vel Rindveih in unsern schönen Lan'n herümlöppt. „Dörchläuchten", säd de Minister wider, „werden keinen Begriff davon haben, was das heutige Abendblatt besagt; hören Hoch Sie bloß ..."

Sin Sähn was:

Tweite Dynastie

Hogenbomus II. Beschäftigte sick sihr stark mit de Braminen in Indien, les' geläufig Sanskrit un kamm ok bilöpig in de Zendavesta, wat dunntaumalen in Afghanistan von den Hofbaukhändler „Zarathustra et Comp." herutgewen was. – Hei et girn Rehbraden, bestimmte äwer, dat de Schaulmeisters in sinen Landen up braminisch lewen un nicks wider as Tüften eten süllen; Fleisch würd ehr verbaden. „Der

[1]Hiräwer is vel streden, wat dat ein Wickelkind mit dat anner Nahkamenschaft erzielen kann.
Wi Unnerdahnen känen dat natürlich nich begripen; äwer dor möt uns denn de Titel „von Gottes Gnaden" oder en taufälligen Kammerherr trösten, denn bi de beiden is kein Ding unmäglich.

Heilligkeit ihres Berufs wegen“, heit dat in sine Verordnung.

Zugrunde gelegt wurde die Handschrift, die sich im Fritz-Reuter-Literaturmuseum Stavenhagen befindet. Das Fragment, das in der Zeit von 1860 bis 1864 entstand, wurde zuerst veröffentlicht in: Nachgelassene Schriften von Fritz Reuter. Erster Theil. Herausgegeben und mit der Biographie des Dichters eingeleitet von Adolf Wilbrandt. Wismar, Rostock und Ludwigslust. Druck und Verlag der Hinstorff'schen Hofbuchhandlung. 1874. II. Abtheilung. S. 109 ff.

Der Vergleich mit dieser Veröffentlichung wie auch mit späteren Buchausgaben von Gaedertz und Seelmann ergab vor allem dies: Außer einigen Verlesungen und willkürlichen Eliminierungen haben alle Herausgeber (im Anschluß an Wilbrandt) die mit Sternchen bezeichnete Passage von S. 62 bis 71 unserer Ausgabe unberücksichtigt gelassen. Das Manuskript Reuters weist an diesen Stellen Bleistiftstriche und Notizen auf, die nicht von der Hand des Autors sind. Wie der Literaturwissenschaftler Arnold Hückstädt bestätigt, müssen diese Streichungen von dem ersten Herausgeber des Fragments, Adolf Wilbrandt, vorgenommen worden sein, der auch für den Schlußteil eigenmächtig eine neue Kapiteleinteilung vornahm. Unser Druck folgt in allem der Reuterschen Handschrift.

5 *de Penzliner Pötter* – ein Töpfer aus Penzlin, einem Städtchen bei Stavenhagen.

5 *von Bernaskoni'n* – Bernasconi war ein Hausierer, der mit Brillen, Schreibmaterial usw. handelte (vgl. auch „Meine Vaterstadt Stavenhagen").

5 *Lisch un Lasch un Misch un Masch* – Anspielung auf die bekannten mecklenburgischen Geschichts- und Altertumsforscher Georg Christian Friedrich Lisch (1801 – 1883), der 1856 Archivrat des Staatsarchivs in Schwerin geworden war, und Archivrat Pastor G. M. C. Masch zu Demern im Fürstentum Ratzeburg.

5 *Kloster Stolp* – das Rittergut Stolpe an der Peene bei Anklam, mit berühmter Klosterruine, seit 1853 von Reuters bestem Freund Fritz Peters gepachtet, von einem Inspektor verwaltet.

5 *Liebig* – Justus von Liebigs (1803 – 1873) chemische Untersuchungen waren von großer Bedeutung für die Entwicklung der Agrikulturchemie; besonderen Einfluß hatte sein Werk „Die organische Chemie in ihrer Anwendung auf Agrikulturchemie und Physiologie" (1840).

5 *Stöckhart* – Julius Adolf Stöckhardt (1809 – 1886), Professor der Agrikulturchemie an der Forstakademie zu Tharandt.

5 *John* – Johann Friedrich John (1782 - 1847), Professor der Chemie an der Universität Frankfurt a.O.

5 *Johnstone* – der englische Chemiker Johnston, Verfasser von „Chemistry of commun life"; die deutsche Bearbeitung dieses Werks von Wilhelm Hamm, unter dem Titel „Chemische Bilder aus dem täglichen Leben" (Leipzig 1854), wird in Nr. 8 und 9 von Reuters „Unterhaltungsblatt" (vom 20. und 27. Mai 1855) angezeigt.

5 *Johnson* – Cuthbert William Johnson, bekannter englischer Agrikulturchemiker, der englische Übersetzer von Thaers „Grundsätzen der rationellen Landwirtschaft."

6 *mit buckledderne Büxen* – in bockledernen Hosen, d.h. zu Pferde, als Gutsverwalter.

6 *Grabowhäw'* – das Gut Grabowhöfe des Grafen Hahn bei Waren.

6 *Hilgendörpen tau Lütten-Tetzlewen* – Reuters Schul- und Jugendfreund Wilhelm Hilgendorff, Gutsbesitzer auf Klein-Tetzleben; hatte die Schlagwirtschaft eingeführt und bestellte von seinen sieben Schlägen jährlich drei mit Getreide, während Inspektor Knitschky Anhänger der älteren Koppelwirtschaft ist.

6 *de unnerirdsche Gang* – Er existierte wirklich im Garten zu Stolpe, reichte allerdings nicht bis zur Peene.

6 *Steinkisten* – eine besondere Art prähistorischer Gräber.

7 *hujahnte* – gähnte.

7 *Fritz Peiters* – Fritz Peters (vgl. die Anm. zu S. 5, *Kloster Stolp*).

8 *en hellschen Gift* – gewaltige Gier (Arbeitswut).

8 *Drüddels* – Drittel, die alten mecklenburgischen Zweidrittel-Taler-Stücke.

8 *en beten Gollenring'warks* – goldene Ringe und ähnliche Wertgegenstände.

8 *Oxenhöwt* – „Ochsenhaupt", eigentlich „Oxhoft" (engl. hogshead „Schweinskopf"); altes Flüssigkeitsmaß, besonders für Wein, etwa 200 bis 230 l.

8 *gel* – gellend, höhnisch.
8 *in't fett Virteljohr* – in der Zeit des Hausschlachtens (Spätherbst bis Februar).
10 *Rüggblaud* – Rückenblut; Rinderkrankheit, eine Form des Milzbrandes.
10 *Ader-Posader* – (frz. eau d'arquebusade) Schußwundwasser.
12 *Prisong* – (frz. prison) Gefängnis.
13 *Ora pro nobis!* – (lat.) Bete für uns!
13 *prekademus* – (lat. precario „bittweise") redete bittweise, weitschweifig.
13 *Flaktur* – für Fraktur.
13 *Herzog Niklot* – der Obotritenfürst Niklot (gefallen 1160 im Kampf mit Heinrich dem Löwen), Stammvater des mecklenburgischen Herrscherhauses.
14 *erst 900 Jahre nach Christi Geburt* – Rurik (862 – 879) wurde als Stifter des russischen Reiches angesehen.
14 *de Geschicht von Belligen …* – Ein Aufstand in Brüssel – als Folge der Pariser Julirevolution – bewirkte die Auflösung des Königreichs der Vereinigten Niederlande und die Unabhängigkeitserklärung Belgiens. Prinz Leopold von Koburg wurde 1831 zum belgischen König gewählt. Die allgemeine Anerkennung der Selbständigkeit erfolgte aber erst 1833.
14 *rungeniert* – für ruiniert.
15 *Medow* – Gut und Dorf an der Straße von Anklam nach Treptow, 5 km von Stolpe.
15 *en Raudener vir* – vier Ruten; altes Längenmaß, gleich 12 Fuß (etwa 3-4 m).
15 *Wegeziner Kraug* – ein Wirtshaus an der Landstraße, weitab vom Dorf Wegezin, 3 km südwestlich von Medow.
15 *Prometer* – statt: Barometer.
15 *Toll* – Zoll (statt Grad).
16 *Dr. Siemerling* – Dr. Viktor Siemerling aus Neubrandenburg, Apotheker, Bankier und Gutsbesitzer, Freund und Gönner Reuters.
16 *Irnst Boll* – der Historiker Ernst Boll aus Neubrandenburg, mit dem Reuter – wie auch mit dessen Bruder Franz – eng befreundet war; war u.a. Verfasser einer „Geschichte Mecklenburgs".
16 *a tuh Prih* – (frz. á tout prix) um jeden, zu jedem Preis.
16 *Vör fiwdusendachthunndertunvirteihn Johr* – Nach der von vielen Volkskalendern übernommenen Zeitrechnung des Calvisius ist die Welt im Jahre 3949 vor Christi Geburt erschaffen worden. In dem „Großherzoglich Mecklenburg-Schwerinschen Kalender auf das Jahr 1864", auf den Reuter sich in der Fußnote bezieht, heißt es auf der Rückseite des Titelblattes: „Von Erschaffung der Welt nach Calvisii Rechnung das 5813te, von der Sündflut das 4157te" usw.

16 *Reukop* – Reukauf, d.i. Abschluß eines Kaufvertrages unter der Bedingung, jederzeit vom Vertrag gegen Zahlung eines Reugeldes zurücktreten zu können. – Hier ist aber offenbar Rückkauf gemeint.

16 *Vir-Schillings-Klenner* – der in Rostock in der Hinstorffschen Verlagsbuchhandlung erschienene „Großherzoglich Mecklenburg-Schwerinsche Kalender", der spätere Voß- un Haas-Kalenner.

16 *Epakten* – Zahlen, die die Anzahl der Tage angeben, die am 1. Januar seit dem letzten Neumond verflossen sind (im Gregorianischen Kalender).

16 *güldene Zahl* – (lat. numerus aureus) gibt für ein bestimmtes Jahr an, das wievielte Jahr es im neunzehnjährigen Mondzyklus ist.

17 *‚Lemmelson in Wanzka' oder ‚Fenzirsche Mähl'* – Papiermühlen, in Mecklenburg-Strelitz und bei Dömitz.

17 *Bunkenborg un Grapow* – Inhaber eines Tuchgeschäftes in Neubrandenburg.

18 *ick heww't sülwst noch nich sowid bröcht* – Am 16. Oktober 1863 wurde Ernst Boll der Ehrendoktor von der Universität Greifswald verliehen.

18 *noch nich mal Dokter was* – Am 10. März 1863 ernannte die Philosophische Fakultät der Universität Rostock Reuter zum Ehrendoktor.

18 *Dokter Werner Reinhold* – Werner Reinhold (1806 – 1863), geb. in Woldegk, Historiker und Schriftsteller, verfaßte zahlreiche Stadtchroniken – u.a. von Anklam, Rostock und Neubrandenburg. 1859 erschien in Neubrandenburg seine „Urgeschichte der Stadt Woldegk in Mecklenburg-Strelitz und deren Umgegend. Ein Beitrag zur norddeutschen Städte- und Landesgeschichte", auf die Reuter hier Bezug nimmt.

19 *nah Hinstörpen* – Kommerzienrat Detloff Carl Hinstorff in Wismar, der Verleger Reuters.

19 *casprate* – auch desprat (frz. désespérer „verzweifeln") verzweifelt, zornig.

19 *in Triolett- und Rondeau-Form* – kurze Gedichte mit einem komplizierten Reimschema, also Formen, die Reuters Vorstellungen von plattdeutscher Lyrik völlig entgegenstanden.

20 *Montebello* – eine Champagnermarke, die ihren Namen dem Sieg der Truppen Napoleons III. über die Österreicher bei Montebello in dem Krieg von 1859 verdankte.

20 *première qualité* – (frz.) erste Güte, Qualität.

21 *Antyrius* – Die Geschichte des Anthyrius, die Reuter hier verwendet, ist eine Erfindung der älteren mecklenburgischen Chronisten, die sich bemühten, den Ochsenkopf in dem mecklenburgischen Wappen auf den Bucephalus

(griech. Bukephalos „Stierkopf"), das Lieblingspferd Alexanders des Großen, zurückzuführen. Anthyrius, Sohn eines Herulers, soll Alexander auf seinen Feldzügen als Geisel und Heerführer begleitet haben; nach dessen Tod soll er eine Schar Krieger von Babylon zu Schiff nach Mecklenburg, in das Land seiner Vorfahren, geführt haben und erster König dieses Landes geworden sein.

21 *Knipperdolling* – Bernhard Knipperdolling, Führer der Wiedertäufer in Münster, 1536 enthauptet.

21 nah Vörschriwwt nägen Johr muddeln laten – nach dem Vers 388 der „Ars poetica" des Horaz: „Nonumque prematur in annum" – neun Jahre bleibe es verborgen.

21 *An Kopmann Hagemannen* – David Hagemann, ein Kolonialwarenhändler aus Neubrandenburg.

22 *Kalliessen* – Kallies, Hagemanns Kommis.

24 *Wall* – Die alten Wälle Neubrandenburgs hatte man zu Spazierwegen umgestaltet.

24 *Kreolin* – statt: Krinoline.

24 *von Herrn von Meyen* – ein früherer Gutsbesitzer, lebte als Rentier in Neubrandenburg.

24 *Baron von Maltzahn sinen höhern Dubenverein* – Gemeint ist Freiherr Ferdinand von Maltzan, bis 1849 Besitzer von Alt-Rehse bei Stavenhagen, der als Rentier in Neubrandenburg lebte und hier einen Taubenverein gründete; er war ein leidenschaftlicher Taubenzüchter.

24 *Lommer* – L'hombre, ein Kartenspiel spanischer Herkunft.

25 *uns' Herr Paster* – Franz Boll.

25 *Josep Nissen* – Joseph Nissen, Teilhaber der Weinhandlung Maßmann & Nissen in Lübeck.

26 *termaudbarst't* – den Kopf zerbrach.

26 *äwersetten* – übervorteilen, eigentlich: übersetzen.

27 *stantepeh* – (lat. stante pede „stehenden Fußes") sofort, unverzüglich.

28 *Wiß un wohrhaftige Urgeschicht ...* – In der Anordnung und Diktion des folgenden Titeltextes und durch Jahreszahlen am Rand des Textes (die in der Handschrift allerdings nur zu Beginn gesetzt und – wie auch die Jahreszahlen im Text selbst – später fehlen) ahmt Reuter die im 18. Jahrhundert gedruckten Städtechroniken nach.

28 *im Johre 1200* – Diese Zeitangabe stimmt nur annähernd, vgl. die Anm. zu S. 13, *Herzog Niklot*.

29 *Raphael ... Gabriel ... Michael* – drei der sog. Erzengel, der sieben vornehmsten Engel; die hier den Engeln zugeschriebenen Gegenden sind die von der Natur weniger gut bedachten Landstriche Mecklenburgs.

30 *de Pogges* – Die bürgerlichen Gutsbesitzer Pogge, besonders die Brüder August, Daniel Georg und Friedrich, waren in

den 1840er Jahren als Führer der Opposition im mecklenburgischen Landtag und Gegner der Ritterschaft bekannt.

30 *de Herrn von Storchs* – Die Familie von Storch gehörte dem alten mecklenburgischen Adel an.

31 *Fulenrosser Dirgoren* – der Tiergarten von Faulenrost, einem Gut des Grafen Hahn.

31 *Dese beiden Frün'n ...* – Gemeint sind der Pastor Plaß aus Serrahn, der einen Aufsatz über den Teufel geschrieben hatte, und Pastor Rathsack aus Malchin, der ihn in seinen Predigten sehr oft im Munde führte.

31 *den ollen lütten Heidengott* – Amor.

31 *Herrn Paster in den Hagen* – Pastor Augustin in Rittermannshagen (so auch zunächst in der Handschrift), bei dem Reuters Frau in ihrer Jugend Erzieherin war. Reuter war damals auf dem nahegelegenen Demzin Volontär.

31 *gelbunt* – gellend, höhnisch.

32 *russ'sch Rühr* – russisches Rohr, ein enges, gerades Rohr.

33 *Preisteracker tau Jabel* – In Jabel war Reuters Onkel Ernst Pastor.

33 *Darwin* – Anspielung auf die Abstammungslehre Darwins, dessen Hauptwerk „On the origin of species by means of natural selection" (Über den Ursprung der Arten durch natürliche Zuchtwahl) 1859 erschienen war.

34 mit Korl Kräugern – Karl David Christian Krüger (1810 – 1886), Reuters Freund aus den Schuljahren in Friedland und Parchim und während des Studiums in Rostock und Jena; später Senator in Malchin. – Beide zogen durch Krakow, wenn sie in den Ferien gemeinsam nach Hause wanderten.

35 *Senator Wecker* – Johann Friedrich Wecke, bis 1832 Ratsmann.

35 *mit en witten Stock* – als Bettler, mit dem Bettelstab.

35 *vör den groten Brand in Jabel* – Im Juni 1859 brannte die Kirche und fast das ganze Dorf ab.

35 *einhischig Katen* – Bauern- oder Tagelöhnerhaus für nur eine Familie, im Gegensatz zum Doppelkaten, der zwei Wohnungen enthielt.

36 *Avkat Hobein* – der Schweriner Advokat und Dichter Eduard Hobein, Freund und Briefpartner Reuters.

36 *en pladdütschen Schriftsteller-Kongreß* – Hobein projektierte unter Zustimmung von Klaus Groth einen Kongreß plattdeutscher Autoren, auf dem eine Einigung in Fragen der Rechtschreibung erreicht werden sollte.

37 *bußt* – bussen, ein Kind leise in den Schlaf singen und wiegen.

37 *Verknusius* – fiktiver Name, angelehnt an „verknusen" (knusen: mühsam zerkauen, herunterwürgen).

37 *in en groten Paleh tau Berlin an den Molkenmark* – Gemeint ist die ehemalige Stadtvogtei, auf der Reuter in Untersuchungshaft war.

37 *Paster Stolle tau Demmin* – Wilhelm Karl Stolle, Verfasser der „Beschreibung und Geschichte der Hansestadt Demmin" (Greifswald 1772).

38 *hölkert* – hölkern, Krebse fangen (mit Kneifstock und Korb).

38 *up einen Slump* – auf der Stelle; Slump: Zufall, Glücksfall.

39 *Butenacker* – Acker, der außerhalb der eigentlichen Hufe liegt.

39 *de Hauw* – der zum Grundstück gehörende unteilbare Grundbesitz.

39 *Heimatsgesetzgebung* – Nach den in Mecklenburg geltenden „Heimatgesetzen" gab es für die Tagelöhner keine Freizügigkeit, d.h. es war ihnen nicht möglich, vom „Ritterschaftlichen" (Besitzungen der Rittergutsbesitzer) ins „Domanium" (Besitztum des Herzogs) oder gar ins „Landschaftliche" (die Städte und ihr Landbesitz) zu ziehen. Das ab Ostern 1821 geltende Gesetz zur Aufhebung der Leibeigenschaft, das den Tagelöhnern, aber auch den Gutsbesitzern das Recht auf Kündigung einräumte, hatte für Tausende von Landarbeitern die Heimatlosigkeit zur Folge. Die vom Gutsherrn entlassenen Tagelöhner hatten mit ihrer Arbeit ihr Heimatrecht verloren und waren gezwungen, im Landarbeitshaus zu Güstrow Asyl zu suchen oder auszuwandern, oder sie wurden in einem Notobdach des Gutes untergebracht, mußten aber jede Arbeit unter jeder Bedingung annehmen und konnten so eventuell nach zwei Jahren das Heimatrecht wiedererlangen.

39 *so üm Pingsten* – Am ersten Pfingsttag pflegten die Pferdejungen, Kuhhirten usw. beim Austreiben einander zu hänseln, wobei reichlich Branntwein getrunken wurde. Den Abschluß bildete oft eine allgemeine Schlägerei.

40 *Strekung* – Umpflügen des Ackers.

40 *Jabelsche Dörpstäd* – Die Landtage, seit 1621 abwechselnd in Sternberg und Malchin abgehalten, wurden davor auch nach anderen Orten einberufen. Früher wurden zu Jabel die städtischen Konventstage des Landes Wenden (mit der Vorderstadt Güstrow) abgehalten.

40 *capita proponenda* – (lat.) die vorzulegenden Hauptpunkte.

40 *de irste Landmarschall* – Die erblichen Landmarschalle – oder deren Stellvertreter, die Vize-Landmarschälle – stampften bei den Landtagsversammlungen mit ihren Stäben auf den Boden, wenn der Lärm zu groß wurde und Ruhe eintreten sollte.

41 *de irste Landsverglik in Meckelnborg* – Durch den Landesgrundgesetzlichen Erbvergleich von 1755 wurde der Sieg der Ritterschaft über den Landesherrn sanktioniert. Dem

Adel wurden u.a. Zoll- und Steuerfreiheit gewährt, die Leibeigenschaft wurde bestätigt und das Bauernlegen gestattet. Mecklenburg blieb ein Ständestaat, in dem der Herzog für alle wesentlichen Entscheidungen die Zustimmung der Ritterschaft brauchte.

41 *Demzin* – Im Manuskript stand zunächst „Thalberg" (gestrichen). Auf dem Gut Thalberg, wo Reuter nach seiner Demziner Zeit weiter die Landwirtschaft erlernte, gab es wirklich einen Schäfer Lehsten.

42 *dat Basedowsche* – die Basedowsche Begüterung bei Malchin, Landbesitz des Grafen Hahn, der bei Reuter oft genannt wird.

42 *Parforce* – Hetzjagd.

43 *Riddermannshagen* – Vgl. die Anm. zu S. 31, *Herrn Paster in den Hagen.*

43 *en Virt Flaß* – ein Viertel Flachs.

44 *lütt Abendbrodstid* – Vesperzeit

44 *in de Möt* – in die Quere.

45 *„sie errötete nicht bis unter die Locken"* – Reuter spielt hier auf die sentimentalen, flachen Bilder in den Trivialromanen seiner Zeit an (oft sind bei ihm in ähnlichem Zusammenhang Karoline Pichler und Heinrich Clauren genannt).

47 *Däms un Dreibargen* – die früheren mecklenburgischen Landesstrafanstalten Dömitz und Dreibergen (bei Bützow).

48 *Massiw'* – für Missive, Sendschreiben.

49 *Register* – Adelsregister.

49 *denn möt ji blecken ...* – dann müßt ihr blechen; Gutsbesitzer, die nicht zum Adel gehörten und rezipiert werden wollten, mußten eine Gebühr von 4500 Reichsmark zahlen.

49 *wo sei uns leggen ...* – das Bauernlegen, die Niederlegung ritterschaftlicher Bauernhöfe durch den Grundherrn, d.h. ihr Acker wurde dem Gutsacker einverleibt. Das Kastrieren des Hengstes heißt in Mecklenburg ebenfalls „Legen".

50 *de Kurhessen-Frag'* – die hurhessische Erbfrage von 1862.

50 *de Sleswig-Holstein-Frag'* – die schleswig-holsteinische „Frage", die 1864 zum Krieg zwischen Deutschland und Dänemark führte.

52 *Après nous le déluge!* – (frz.) Nach uns die Sintflut! – Angeblich ein Ausspruch der Marquise von Pompadour, hier doppelsinnig.

52 *Heck* – Gattertor.

53 *Elend* – Ausland.

54 *Gaschentüg* – dickes wollenes Zeug.

54 *Bombassäng* – Bombasin, ein feines Köpergewebe, meist mit seidener Kette und Kammgarnschuß.

54 *Balanzen* – für Volants.

54 *Bäwernadeln* – Zitternadeln.

54 *Fresen un Pellerinen ...* – Namen verschiedener Halskrausen, Kragen usw.

56 *de keinen roden Rock anhadd* – Es war früher das Vorrecht der adligen Gutsbesitzer, bei der Eröffnung des mecklenburgischen Landtags im roten Rock – mit Epauletten, schwarzen Aufschlägen und Degen – zu erscheinen.

56 *'ne swarte Frack* – für die Bürgerlichen im Landtag vorgeschrieben.

56 *Diktamen* – Ein Antrag, der auf den Landtagen gestellt wurde, mußte schriftlich eingebracht und zu Protokoll gegeben werden.

58 *Helpter- oder Ruhner-Barg* – Der Helpter Berg, nördlich von Woldegk, 176 bis 180 m hoch, und der Ruhner Berg, südlich von Parchim gelegen, 176,91 m hoch, sind die höchsten Erhebungen Mecklenburgs.

58 *de Slemminer Borg* – die Schlemminer oder Hohe Burg bei Bützow, 143,37 m.

58 *Criwitz* – Die Versuche, auf dem sog. Weinberg bei Crivitz Wein anzubauen, waren ohne Erfolg und wurden bald aufgegeben.

59 *wenn de Rapp gellen deiht* – wenn der Raps etwas gilt, d.h. hoch im Preis steht.

59 *Chepandy* – statt: Champagner.

60 *Bacchus* – lat. Name des griech. Gottes Dionysos, Gott der Fruchtbarkeit und des Weines.

61 *von Anno 60 ...* – Das Jahr 1860 war ein schlechtes Weinjahr, während die Jahrgänge 1811, 1834 und 1857 besonders gut ausgefallen waren.

61 *de Petritorm tau Rostock* – Der Turm der Petrikirche in Rostock (im zweiten Weltkrieg zerstört) war mit 132,7 m Höhe der höchste in Mecklenburg.

62 *de sel Perpost David Frank* – Präpositus David Frank aus Sternberg, Verfasser der „Beschreibung des alten und neuen Meklenburgs in zehn Büchern“ (Rostock 1753). – Reuter hat das Zitat etwas verändert, bei Frank heißt es: „Als nun die Menschen gewahr wurden, daß je mehr sie sich ...“

63 *un hürt ok nich tau den Dütschen Bund* – Westpreußen gehörte – wie auch Ostpreußen – nicht zu dem nach dem Wiener Kongreß 1815 geschaffenen deutschen Staatenbund.

64 *ut Valentin Heinzen sin Rekenbauk* – gemeint ist die „Ordentliche Grundlegung zur kaufmännischen Rechnung“ (Hamburg 1694).

64 *de Kolle Brand* – auch Rauschbrand, Rinderkrankheit, an bestimmte Gegenden mit höherem Grundwasserstand gebunden.

65 *Per aspera ad astra* – (lat.) Auf rauhen (Pfaden) zu den Sternen, d.h. durch Kampf zum Sieg; Wahlspruch des

mecklenburgischen Hausordens der Wendischen Krone (am 12. Mai 1864 gestiftet).

65 *natürliches Herz* – Herz aus Leder.

66 *Langkork* – alte Bezeichnung für bessere Weinsorten, im Gegensatz zum billigeren „Kurzkork".

67 *Presentanten* – statt: Repräsentaten, d.h. die gewählten Vertreter der Bürgerschaft, die Stadtverordneten, auf deren geringen Einfluß Reuter anspielt. – Reuter karikiert hier wie im folgenden die rückständigen Verhältnisse in Mecklenburg (dabei hat er besonders Neubrandenburg im Sinn).

68 *ob de Acker ... tausam separiert* – Die sog. Separation erfolgte nur im Domanium. Sie bestand darin, daß für jeden Bauern (Pächter) sein Acker- und Weideland aus der Dorffeldmark ausgegliedert (separiert) wurde; es handelte sich also um eine durchaus progressive Maßnahme, die im Zusammenhang mit der Einführung der Schlagwirtschaft notwendig wurde.

68 *Kirchenkonemus* – für: Kirchenökonomus, der für die Verwaltung der Kirchenländereien Verantwortliche.

69 *den Norddütschen* – „Norddeutscher Correspondent", das Organ der mecklenburgischen Junkerpartei nach 1848.

70 *Solo* – eine Spielart beim L'hombre.

70 *Kodillg* – (frz. codille) beim L'hombre: der Hauptspieler hat die Partie doppelt verloren.

71 *den Ollen Dessauer* – Marschmelodie mit dem Text „So leben wir", benannt nach dem Fürsten Leopold von Anhalt-Dessau.

71 *nah Hahnen* – Gemeint ist Reuters Freund Hahn, Brauereipächter und Gastwirt in Neubrandenburg.

71 *de gollen Kugel* – der Gasthof „Zur goldenen Kugel" in Neubrandenburg, im Juni 1905 abgebrannt.

71 *tau Berlin in dat Treppenhus* – auf einem der Kaulbachschen Gemälde im damaligen Neuen Museum, das den Turmbau zu Babel und die Völkerscheidung darstellt.

72 *Kalmuck-Mantäng* – Kalmückenmantel, ein Mantel aus langhaarigem Tuchstoff.

72 *Domanium* – landesherrlicher Besitz.

72 *Judenbarg* – Auf dem Judenberg bei Sternberg wurden bis in die neuere Zeit die dort alle zwei Jahre abgehaltenen Landtage eröffnet; er trägt seinen Namen nach der 1492 dort erfolgten Verbrennung von 27 Juden. – Sternberg war in alter Zeit fürstliche Residenz.

73 *Balkan* – statt: Balkon

74 *Hans Quast* – Hans Narr.

74 *in de Griwwelgrawwel smeten* – redensartlich: hingeworfen, damit jeder etwas davon nehmen kann.

74 *Landroß* – Landdrost, Titel älterer Amtshauptmänner.

74 *Klosteramt Dobbertin* – In Dobbertin, Malchow und Ribnitz befanden sich evangelische Jungfrauenstifte, die aus Klostergütern hervorgegangen waren.
74 *dat litt jo de Ridderschaft nich* – eine in Mecklenburg sprichwörtlich gewordene Wendung, die auf den ständigen Widerstand der Ritterschaft auf den Landtagen gegen alle Neuerungen Bezug nimmt.
75 *Plebs – auch vulgus* – (lat.) Volk – auch Pöbel.
75 *sub praeclusione* – (lat.) unter Androhung des Verlustes, bzw. unter Ausschluß des Anspruches.
75 *Klutenstriken* – aus Erd- oder Tonklumpen Ziegelsteine streichen.
76 *Lin'nbrauk* – Lindenbruch, ein Gehölz bei Schwaan.
76 *Lutheran* – Dorf zwischen Lübz und Parchim.
76 *Spurnz* – Spornitz, Dorf westlich von Parchim.
76 *Sünnenbarg* – Sonnenberg, ein Waldgebiet bei Parchim.
77 *Musche Nüdling* – „Herr Niedlich", spöttische Anrede („Musche" verstümmelt aus frz. Monsieur).
78 *Landschaft* – die Vertretung der Städte im Landtag.
78 *Brandkonvent* – Die „Vorderstädte" Güstrow und Parchim hatten sich im Jahre 1785 zu einer Brandversicherungsgesellschaft vereinigt, deren Angelegenheiten auf dem „Brandkonvent" besprochen wurden.
78 *Muschwiters* – Moskowiter, Russen.
79 *unsere städtsche Brandkass' smitt sick hellschen up* – Die mecklenburgische landstädtische Brandversicherungsgesellschaft war wegen ihrer hohen Prämien und niedrigen Taxen wenig beliebt.
80 *Ich bin ein Herr von mir ...* – Dasselbe Rätsel findet sich auch in den „Briefen des Herrn Entspekter Bräsig".
82 *dat dunnmalige Abendblatt* – Gemeint ist das „Freimüthige Abendblatt", das bis 1849 erschien.
82 *weck man halwe ... un weck man virtel Hüser* – Nach der Höhe der Steuer, die auf den städtischen Wohnhäusern lag, wurden diese „volle, halbe oder viertel Häuser" genannt.
83 *dat de ollen Römers ...* – Gemeint ist die Secessio in montem sacrem, die Auswanderung auf den Heiligen Berg, durch die – der Sage nach – die Plebejer 494 v.d.Z. die Anerkennung der Volkstribunen durch den Senat erreicht haben sollen.
85 *in statu quo* – (lat.) im vorigen Zustand, unverändert.
85 *Voßgericht* – Forstgericht.
87 *werft das Scheusal in die Wolfsschlucht* – frei zitiert aus Karl Maria von Webers Oper „Der Freischütz".
87 Schapschinken – Gewehr.
91 Corpus – (lat.) Körperschaft.
92 *‚dein böses Trachten hast du mir verraten, Vogt'* – Frei zitiert

aus Schillers „Wilhelm Tell“, III, 1; eigentlich Worte Geßlers an Tell.

93 *Eldenwater* – Parchim liegt an der Elde.

93 *retireh* – (frz. retiré) zurück.

95 *virteihn Öllermanns* – die vierzehn Altermänner der sieben großen Zünfte (Krämer, Haken-, Tuchmacher, Bäcker, Schlächter, Schneider und Schuster).

95 *acht Wikhushauptlüd'* – Sie vertraten in Neubrandenburg die nicht zu den Zünften gehörende Bürgerschaft, je zwei wurden von einem Stadtviertel gewählt. Ihr Name führt von den „Wikhäusern“ her, den alten, in die Stadtmauern eingelassenen Befestigungstürmen.

96 *en por ihrsame Inwahners von Krakow ... mit lütte Dreihörgeln* – Die Drehorgelspieler mußten früher in irgendeiner mecklenburgischen Stadt das Heimatrecht erwerben, wenn sie frei herumziehen wollten. Viele wählten Krakow, weil dort die Gebühren am niedrigsten waren.

96 *Güstrow, wo ein grotes Sloß bugt würd* – 1817 wurde das Landarbeitshaus in Güstrow eingerichtet (im ehemaligen Schloß).

97 *Töppkenspill* – Topf-, Becherspiel.

97 *üm den twölwten Schepel* – eine sehr reichliche Bezahlung.

98 *Brunsilgen* – Brasilien.

98 *„... is nich weit von hier!“ un „Auf, auf, ihr Brüder...“* – aus Schubarts „Kaplied“ für die von Herzog Karl Eugen 1787 nach Südafrika geschickten württembergischen Truppen, die er an die Holländisch-Ostindische Kompanie verkauft hatte. – In den 1850er Jahren verließen besonders viele Tagelöhner Mecklenburg, um nach Amerika auszuwandern.

100 *Japhetus divisor* – (lat.) Japhet der Teiler.

101 *dat dänemarksche Lauenborg* – Das Herzogtum Lauenburg gehörte bis zum Wiener Frieden von 1864 zu Dänemark; Preußen hatte es nach 1815 gegen Schwed.-Vorpommern an Dänemark abgetreten.

101 *„Der Tapfere weicht mutig zurück“* – geflügeltes Wort, das Otto Theodor Freiherr von Manteuffel (1805 – 82) zugeschrieben wird, der in einer Sitzung der preußischen Zweiten Kammer am 3. Dez. 1850 sagte: „... der Starke tritt wohl einen Schritt zurück ...“

102 *mein Capua* – Capua war im Altertum sprichwörtlich berüchtigt, da die Ausschweifungen in dieser Stadt das Heer des Hannibal völlig demoralisierten. „Sein Capua finden“ ist daher gleichbedeutend mit: durch Verweichlichung und Ausschweifung zugrunde gehen.

102 *Waterheilanstalt tau Stuer* – eine Wasserheilanstalt am Plauer See, die Reuter mehrmals zur Linderung seiner Krankheit aufsuchte.

102 *Erasmus* – für Rheumatismus.
103 *vör Manassen sine Tiden* – Manasse war ein judäischer König.
103 *sese dediderunt* – (lat.) sie haben sich ergeben.
103 *Memnones sunt maritimi* – (lat.) sie haben sich ergeben.
103 *Milites impleverunt silvam ...* – (lat.) Die Soldaten füllten den Wald, und jeder Centurio stand vor seinem Zug.
103 *lapsus calami* – (lat.) Fehler durch Verschreiben.
104 *nommé* – (frz.) genannt.
104 *car tel est notre plaisir* – (frz.) „car tel est notre bon plaisir“: denn das ist unser gnädiger Wille; Schlußformel aller Verordnungen der französischen Könige.
104 *costume* – (frz.) Kleidung, Tracht.
105 *Bel tau Babel* – Bel (babylonisch „Herr“) war eine Bezeichnung des babylonischen Gottes Marduk, die sich auch in der Bibel findet (vgl. Jer. 51,44; „Denn ich habe den Bel zu Babel heimgesucht...“).
105 *Belborg* – Belbog (slaw. „weißer Gott“), eine polabische Gottheit.
106 *Grad' as dat nu mit Östreich is* – Viele mecklenburgische Adlige hatten in der österreichischen Armee gedient, deshalb war ihnen die – allerdings späte – Entscheidung der Großherzöge für Preußen im Preußisch-Österreichischen Krieg von 1866 nicht recht.
106 *Traktementen* – im 17. und 18. Jahrhundert die Löhnung der Soldaten.
106 *Schliz* – Burg Schlitz bei Teterow, 1806 – 1823 von einem Freiherrn von Labes erbaut; von großzügigen Gartenanlagen mit vielen Plastiken umgeben.
107 *Regierungsreskripten* – Regierungsverfügungen.
107 *Flammberg* – Flamberg, auch Flammenschwert: im 15. Jahrhundert ein zweihändiges Schwert mit wellig geflammter Klinge, später poetische Bezeichnung für „Schwert“ im allgemeinen.
107 *Portepeh* – Portepee: Faustriemen mit silberner oder goldener Quaste, wird am Degen oder Säbel getragen.
108 Heinrich den LXXIVsten von Reuß-Lobenstein – Alle männlichen Familienmitglieder des Hauses Reuß führten den Namen Heinrich, vermutlich zu Ehren des deutschen Kaisers Heinrich VI.
108 *inconito* – statt: incognito.
108 *von den Patriotschen Verein* – eine Vereinigung mecklenburgischer Landwirte.
109 *de Holsteinsche Koppelwirtschaft* – eine besondere Form der Schlagwirtschaft.
109 *Kotsassen* – svw. Kossäten oder Hintersassen, von einem Grundherrn abhängige Bauern, die dem Stand der Freien oder Halbfreien angehörten.

109 *Kannedat* – Kandidat (als Hauslehrer).
109 *Akzesser* – für Assessor, Beisitzer (Akzessist: alte Bezeichnung für den Referendar).
110 *‚Nimm dieses preußsche Talerstuck...‘* – eine parodistische Anlehnung an Schillers Ballade „Der Kampf mit dem Drachen".
111 *paradisum redivivum* – (lat.) das wiedererweckte Paradies; angelehnt an Buchtitel aus der Zeit des Humanismus.
111 *pater patriae* – (lat.) etwa: Vater des Vaterlands, Ehrentitel der römischen Kaiser und einiger römischer Staatsmänner.
111 *mater matriae* – (lat. mater „Mutter") eine scherzhafte Analogie zu „pater patriae".
113 *Dikasterium* – eigentlich Name des altgriechischen Gerichtshofes, besonders in Athen; in Ungarn vor 1848 Bezeichnung für die obersten Regierungsbehörden.
113 *Knicken* – mit Gebüsch bepflanzte Erdwälle, zur Einfriedung des Weidelandes bei der Holsteinischen Koppelwirtschaft.
113 *L'Etat c' est moi* – (frz.) „Der Staat bin ich". Unverbürgter Ausspruch des französischen Königs Ludwig XIV. (1643 – 1715), kennzeichnet die Haltung des absolutistischen Monarchen.
114 *Semiramis* – griechischer Name einer sagenhaften Königin von Assyrien.
114 *pöh ah pöh* – (frz. peu à peu) nach und nach.
114 *Assiette* – Teller, kleine flache Schüssel.
115 *Hagar mit dem kleinen Ismael* – Im Alten Testament verstößt Abraham sein Kebsweib Hagar, die Mutter Ismaels, auf Betreiben seines Weibes Sara (1. Mose 21).
115 *Meinen Sohn Isaak slachten* – Im Alten Testament fordert Gott von Abraham die Opferung seines Sohnes Isaak, erläßt es dem Vater aber im letzten Augenblick (1. Mose 22).
115 *Ad majorem dei gloriam!* – (lat. ad maiorem dei gloriam) zur größeren Ehre Gottes.
117 *Kunsterjalrat* – für Konsistorialrat, Mitglied des Konsistoriums, der obersten Kirchenbehörde in den evangelischen Landesfürstentümern.
117 *Friedrich Franz I.* – Großherzog von Mecklenburg-Schwerin (1785 bis 1837).
117 *Vokation* – Berufung, besonders in ein geistliches Amt in der evangelischen Kirche.
117 *die Erde ist allenthalben [des Herrn]* – „Die Erde ist des Herrn und was darinnen ist." (Psalmen 24, 1.)
117 *Petrus, Petrus! Du hast deinen Herrn verleugnet!* – Anspielung auf die Verleugnung Jesu durch den Jünger Petrus (Matth. 26).
120 *Jakob, mit den Binamen „Gisroel"* – Jakob hat den Beinamen Israel (1. Mose 32,29: „Du sollst nicht mehr Jakob

heißen, sondern Israel“).

120 *von de Ledder* – Jakobs Traum von der Himmelsleiter (1. Mose 28).

120 *Geschicht von wegen dat Linsengericht* – Durch ein Linsengericht erkauft Jakob sich von seinem (älteren) Zwillingsbruder Esau das Recht der Erstgeburt (1. Mose 25).

120 *Lustschloß Däms* – die Festung Dömitz.

121 *Lea un Rahel un Bilha ...* – Frauen Jakobs im Alten Testament.

121 *... sick de Hüft tau verrenken* – „Da rang ein Mann mit ihm, bis die Morgenröte anbrach. Und da er sah, daß er ihn nicht übermochte, rührte er das Gelenk seiner Hüfte an; und das Gelenk der Hüfte Jakobs ward über dem Ringen mit ihm verrenkt.“ (1. Mose 32).

121 *in perpetum* – (lat.) für immer.

121 *Ehrenbreitenstein* – die Festung Ehrenbreitstein am Rhein bei Koblenz, 1801 nach dem Frieden von Lunéville gesprengt, 1816 bis 1826 wiederaufgebaut, erst nach dem Versailler Vertrag geschleift.

121 *Sebastopull* – die Festung Sewastopol, die im Krimkrieg nach elfmonatiger Belagerung durch die Engländer und Franzosen völlig zerstört wurde.

121 *tau En'n von de dörtiger Johren* – Reuter war von 1839 bis 1840 auf der Festung Dömitz.

121 *Platzmajur Rodatz* – Platzmajor auf der Festung Dömitz.

121 *Mehl* – berüchtigter Vagabund und Dieb, seit 1820 in Haft.

121 *Gebke un Meier un Schult* – Häftlinge in Dömitz.

122 *sich siebenmal ... verbeugen* – wie Jakob bei seiner Versöhnung mit Esau: „Und er ging vor ihnen her und neigte sich siebenmal auf die Erde, bis er zu seinem Bruder kam.“ (1. Mose 33).

122 *Julius un Moritz Wiggers* – bekannte Demokraten und Führer der mecklenburgischen Achtundvierziger. Julius Wiggers befand sich nach der Revolution 44 Monate in Untersuchungshaft.

122 *Avkaten Hane* – Ludwig H., Angeklagter im sog. Rostocker Hochverratsprozeß; war von 1853 bis 1859 in Haft.

122 *Senator Uterhart* – Paul U., Angeklagter im sog. Rostocker Hochverratsprozeß. Senator in Rostock.

122 *Kriminalrat Bolte* – Carl August Friedrich B., seit 1833 Kriminalgerichtsdirektor in Bützow; galt als „Justizscherge der feudalen Reaktion“ in Mecklenburg.

122 *per procuram* – (lat., richtig: per procura) in Vollmacht, in Stellvertretung.

122 *von einem Herrn von Oertzen* – Mehrere von Oertzen standen im mecklenburgischen Staatsdienst; Jaspar von Oertzen (1801 – 1874) war 1858 – 69 Ministerpräsident von Mecklenburg-Schwerin.

122 *Perkun* – Perun (lit. Perkunas), slawischer Donnergott.

123 *Braminen* – Brahmanen, die Mitglieder der oberen Kaste der Hindus.

123 *Zendavesta* – Zend-Awesta (Zänd u Awista „Kommentar und Grundtext"), die heiligen Schriften der Parsen in altiranischer Sprache.

123 Zarathustra – altiranischer Religionsstifter, lebte zwischen 1000 und 500 v.d.Z.